徳間文庫

奮闘、諸国廻り

悪代官を斃《たお》せ

倉阪鬼一郎

徳間書店

目次

主な登場人物

飛川角之進《とびかわかくのしん》　諸国悪党取締出役《しょこくあくとうとりしまりしゅつやく》、通称諸国廻り。旗本の三男坊として育ったが、実は将軍家斉《いえなり》の御落胤《ごらくいん》。柳生新陰流《やぎゅうしんかげりゅう》の遣い手で、将棋は負けなし。料理屋で修業し、団子坂《だんござか》で料理屋「あまから屋」を開くが、出自ゆえに小藩の藩主をつとめたこともある。

おみつ　角之進の妻。湯島の湯屋の娘だったが、左近《さこん》の養女となり、嫁ぐ。

王之進《おうのしん》　角之進とおみつの息子。

飛川主膳《しゅぜん》　角之進の養父。

布津《ふつ》　主膳の妻。角之進の養母。

春日野左近《かすがのさこん》　諸国廻りの補佐役。角之進の古くからの友。

草吉《くさきち》　角之進の手下。忍びの心得がある。

林　忠英《はやしただふさ》　若年寄《わかどしより》。

大鳥居大乗《おおとりいだいじょう》　宮司《ぐうじ》。幕府の影御用をつとめ、諸国廻りへ指示を出す。

徳川家斉《とくがわいえなり》　江戸幕府第十一代征夷大将軍。角之進の実父。

国松《くにまつ》四郎《しろう》史枝《ふみしげ》　飛騨《ひだ》郡代。

永井《ながい》武之進《たけのしん》　手付頭《てつけがしら》。

大乗《だいじょう》　飛騨高山《たかやま》の和尚。

高潔上人《こうけつしょうにん》　黒卍教《くろまんじきょう》の教祖。

第一章　不吉な陰

一

「大儀であった、角之進《かくのしん》」

御城の黒書院に声が響いた。

第十一代将軍、徳川家斉《とくがわいえなり》の声だ。

「ははっ」

角之進は両手をついて一礼した。

「苦しゅうない。こたびの悪党退治につき、勘どころを申せ」

家斉は脇息《きょうそく》に身をゆだねてたずねた。

「はあ、それが……能登《のと》の沖で行《おこな》ったのは悪党退治ではなかったもので」

角之進はあいまいな顔つきで答えた。

「ただならぬ邪気《じゃき》を祓《はら》ったと聞いております」

父の飛川主膳《とびかわしゅぜん》が言った。

角之進には二人の父がいる。

まず一人目は、一緒に登城してきた育ての親である主膳だ。姓が同じこともあり、だれもが実の父であると思っている。

だが、そうではなかった。

角之進の実の父は、目の前にいる将軍家斉にほかならなかった。

鷹狩りの途次《とじ》、鄙《ひな》にはまれな娘に春情《しゅんじょう》を催《もよお》した艶福家《えんぷくか》の将軍が産ませた子が角之進だった。その正体は、世に知られぬ「若さま」だ。

正史には記せぬ若さまは、御庭番の家系の飛川家に預けられ、主膳と布津《ふつ》の子として育てられた。その角之進がやがて出生《しゅっしょう》の秘密を知り、波乱万丈の人生の末にたどり着いたのが、いまの諸国廻《しょこくまわ》りという役目だった。

正式には、諸国悪党取締出役《あくとうとりしまりしゅつやく》という。関八州《かんはっしゅう》を廻る関東取締出役、通称八州廻りならいくたりもいるが、諸国廻りはいまのところ飛川角之進だけだ。

関八州だけを縄張りとする八州廻りと違って、諸国廻りは日の本じゅうを受け持つ。

悪の跳梁《ちょうりょう》を許さず、成敗《せいばい》して世の安寧《あんねい》を護《まも》るのが諸国廻りのつとめだ。知られざる若さまである角之進にとっては、やり甲斐《がい》がありすぎるほどあるつとめだった。

「ただならぬ邪気とはいかなるものか」

家斉は問うた。

くわしく話すとむやみに長くなるし、そもそもにわかには信じがたい話だ。幕府の影御用をつとめている世に知られぬ神社の宮司、大鳥居《おおとりい》大乗《だいじょう》から伝授された呪文や神杖《しんじょう》を頼りに、ただならぬ邪気を発する悪《あ》しきものが日の本に流入するのを防いだ、とぼかしたかたちで伝えておいた。

「諸国廻りの働きで、このたびも日の本の安寧が護られました」

若年寄《わかどしより》の林忠英《はやしただふさ》がうまく言葉を添えてくれた。

家斉の寵臣《ちょうしん》でもあるこの男が、角之進の直属の上役《うわやく》ということになる。

「そうか。向後《こうご》も励め」

家斉は実の息子に向かって言った。

「ははっ」

角之進はまたていねいに頭を下げた。

二

「根掘り葉掘り訊《き》かれなくて重畳《ちょうじょう》だったな」

林忠英がほっとしたように言った。

将軍との謁見《えっけん》が終わったとあって、場にはほっとしたような気が漂《ただよ》っていた。

「それがしも、せがれの話を容易に呑《の》みこめなかったくらいですから」

飛川主膳が言う。

「まあ何にせよ、能登は終わった。次は飛騨《ひだ》の山中だ」

若年寄の表情が引き締まった。

林出羽守《でわのかみ》忠英は切れ者として知られている。諸国廻りの上役としてはまずうってつけの人物だ。

「とにもかくにも、大鳥居宮司からくわしい説明を受けずばなりますまい」

角之進は言った。

「そうだな。明日にでも行ってくれるか」

若年寄が言った。

「承知しました。左近《さこん》とともに行ってまいります」

角之進は答えた。

「飛騨は御領《ごりょう》（幕府領）だが、いまの郡代《ぐんだい》については芳《かんば》しからぬ噂《うわさ》もあるようだ」

林忠英は苦《にが》い顔になった。

「芳しからぬ噂ですか」

角之進は少しひざを詰めた。

「そうだ。いまの飛騨郡代は国松四郎史枝《くにまつしろうふみしげ》、本来はそこまで登りつめる家柄ではないのだが、郡代になってもおかしくなかった者たちに変死や急な病《やまい》による早逝《そうせい》が相次ぎ、国松に思わぬお鉢が回ってきたのだ。確たる証《あかし》はないが、国松の手《て》の者がひそかに動き、毒を盛ったのではないかともささやかれている」

若年寄はいくらか声を落として答えた。

「それは剣呑《けんのん》なことで」

主膳が眉根《まゆね》を寄せた。

「いずれにせよ、国松が郡代になってから、飛騨高山《たかやま》の城下では不穏《ふおん》な動きが相次いでいるらしい」

若年寄が言った。

「いかなる不穏な動きでしょう」

角之進は問うた。

「それをいくたりもの御庭番が探りに行ったのだが、だれ一人として戻ってはおらぬのだ」

林忠英の眉間《みけん》にすっと縦じわが浮かんだ。

「まさか、口を封じられたとか」

主膳の表情がますます陰った。

「その恐れもある。重々、気をつけてまいれ」

若年寄は厳しい顔つきで答えた。

「はっ」

角之進は引き締まった表情で一礼した。

三

翌日——。
角之進は補佐役の春日野《かすがの》左近とともに、幕府の影御用をつとめる神社に向かった。

世に知られない神社だが、由緒《ゆいしょ》は古く、この世の要石《かなめいし》のごとき役割を果たしている。宮司は大鳥居大乗、いまだ少壮《しょうそう》ながら並々ならぬ霊力を有していた。

大鳥居家は代々、この社《やしろ》の宮司をつとめてきた。言わば一子相伝《いっしそうでん》だ。悪しきものがこの世へ流入せぬように、要石とも言うべき社を護り、ひそかに神事を執《と》り行う。それが宮司の役目だ。

角之進と左近が本殿に上がると、衣冠束帯《いかんそくたい》に威儀《いぎ》を正《ただ》した宮司は、ひとしきり祝詞《のりと》を唱《とな》えて二人の穢《けが》れを祓い、前途の無事を祈った。

それが終わると、茶を呑みながらの軍議めいたものになった。本殿には飛驒の切絵図も広げられている。

「これをごらんください」

大鳥居宮司はそう言って、焼き物を取り出した。

「この碗が何か」

角之進はややいぶかしげな顔つきになった。

「美しい碗ですね」

左近が手に取って言う。

「麴町《こうじまち》に飛驒屋という見世《みせ》があります。去年できたばかりの、わりかた新しい見世です」

宮司は言った。

「そこであきなわれている品ですか」

と、角之進。

「ええ。もう一つあります」

大鳥居宮司はべつの品を示した。

それは布でつくられた嚢《ふくろ》だった。女が小物を入れて運べば映《は》えそうなつくりだ。

「この飛騨屋の品が何か」

左近がけげんそうに問うた。

「これは飛騨屋でつくられている品ではなく、飛騨から運ばれてきた品です」

少壮の宮司が引き締まった顔つきで告げた。

「国表《くにおもて》でつくっているわけですね？」

角之進が問うた。

「そうです。しかも、いまの郡代になってからつくられるようになった品です」

宮司の顔がゆがんだ。

「で、この品に何かいわれが」

角之進は少し身を乗り出した。

「その淵源《えんげん》を探っていただきたいのですが、これらの品は……」

世の要石とも言うべき社を護る者は、一つ息を入れてから続けた。

「どちらも悪しきものです」

四

「悪しきもの、か」

社からの帰り道、角之進はぽつりと言った。

「いかなる悪しきものか、薄々は察知《さっち》しているような顔つきだったが」

ともに歩きながら左近が言う。

「果たしていかなるものか、それを探るためにわれらが飛驒へ赴《おもむ》くのだからと突き放されてしまったな」

角之進はそう答えて空に目をやった。

もうだいぶ西のほうが赤く染まっている。夕焼けの江戸の空を、黒い鳥たちが舞っている。そのさまがいつもより不吉に見えた。

「どうも気になるな。またしても厳しい旅になりそうだ」

角之進は肚《はら》をくくったような顔つきで言った。

「そういうお役目とはいえ、この日《ひ》の本《もと》ではまだまだ恐ろしきものが跳梁《ちょうりょう》してるわけだ」

左近が言った。

「闇の奥は深い」

また空に目をやって、角之進は半《なか》ば独《ひと》りごちるように言った。

「ところで、明日はまだ江戸にいられるな、角之進」

左近がだしぬけに言った。

「ことによると、飛驒屋か」

角之進はいくらか声を落として問うた。

「おう。何か分かるかどうかは知らぬが、行ってみる値打ちはありそうだ」

左近は答えた。

「実は、おれも同じことを考えていた」

角之進は渋く笑った。

「そうか」

左近も笑《え》みを返す。

「品をあらためるだけで、後顧《こうこ》の愁《うれ》えなきように、土産《みやげ》などは買わねばいいだろう」

角之進が言った。

「すべてが悪しきものでもあるまいが」

と、左近。

「いずれにしても、行ってみることにしよう」

諸国廻りが言った。

「分かった」

左近がうなずいた。

「では、飛驒へ赴く前に、明日は麴町の飛驒屋だ」

角之進はそう言って、また西の空を見た。

かあ、とひと声、鴉《からす》が不吉な声で鳴いた。

五

半蔵門《はんぞうもん》外の麴町二丁目の脇道《わきみち》に、飛驒屋はさりげなくのれんを出していた。

「まだ新しいのれんだな」

角之進が声を落として指さした。

「郡代が替わってからできた見世かもしれぬ」

左近が言った。

「ともかく入ってみよう。……御免《ごめん》」

角之進は飛驒屋ののれんをくぐった。

「いらっしゃいまし」

あまり覇気《はき》のない声が奥から響いてきた。

あるじとおぼしい小柄な男が帳場に座っている。

見世の棚には空《あ》きも目立った。どうあっても売ってもうけなければという気概《きがい》のごときものは伝わってこない。

角之進は品を手に取った。

大鳥居宮司から渡されたものと同じ色合いの焼き物だ。

「ずいぶんと白いな」

皿をあらためながら、角之進は言った。

「この焼き物は古くからあるのか？」

左近があるじにたずねた。

「いえ、いまの郡代さまになってからのもので」

あるじはいくぶんしゃがれた声で答えた。

「国松郡代の知恵か」

今度は角之進が訊く。

「特産の品を奨励《しょうれい》されておりますので」

少し探るような目で、あるじは答えた。

ほかの品もあらためてみた。

木彫《もくちょう》の猪《いのしし》などは素朴《そぼく》な味わいがしたが、宮司から渡されたものと同じ染め物は、何がなしに不吉な色合いがした。

「これは何で染めているのだ？」

角之進が問うた。

「木の実を使っていると聞いております」

あるじは慎重《しんちょう》に答えた。

「飛騨で染めておるのか」

角之進はなおもたずねた。

「もちろんでございます。手前どもであきなっておりますのは、すべて飛騨から運ばれてきたもので」

あるじは表情を変えずに答えた。

「運ばれてきたものをあきなっているだけだと申すか」

と、角之進。

「はい、さようでございます。この見世を出したのもいまの郡代さまの知恵で」

あるじは答えた。

「なかなかの知恵者《ちえしゃ》なのだな」

なおひとわたり品をあらためていた左近が言った。

「はい」

あるじがにやりと笑った。

その目の底には、嫌な光が宿《やど》っていた。

六

「土産に良きものがあれば買おうかとも考えていたのだが」

飛騨屋からの帰路、角之進が左近に言った。

「それはやめたほうがよかろう」

左近はすぐさま答えた。

「どうも嫌な見世であった」

と、角之進。

「あるじもそうだが、売られている物に不吉な陰があったからな」

左近が言う。

「そうだな。われわれでも感じるものがあったのだから、大鳥居宮司はなおさらだろう」

角之進がうなずく。

「いかなる不吉な物か、宮司は知るところがありそうだったが」

左近がいくらか声を落とした。

「ただし、飛騨へ赴いているわけではないから、不吉な暗雲を察知しているだけで、何か確たる証があるわけではないのだろう」

諸国廻りは慎重に言った。

「その証を探るのがわれらの役目というわけか」

その補佐役が言う。

「そういうことだ。宮司はあそこに暗雲ありと指《さ》し示すのみで、実際に突っ込んでいくのはわれらの役目だからな」

角之進が答えた。

「いずれにせよ、国松という郡代が敵のようだ」

と、左近。

「そうだな。ひと筋縄ではいかぬ相手のようだから、心して往《ゆ》かねばならぬ」

角之進は引き締まった顔つきで言った。

「気を入れ直して支度しよう」

左近が答えた。

七

諸国廻りが家族とともに過ごせる時は短い。

あっという間に残りの日が減り、とうとう出立《しゅったつ》の朝になった。

「しっかりつとめてまいれ」

父の主膳が声をかけた。

「はっ。世の安寧のためにつとめてまいります」

角之進はそう答えて一礼した。

「あまり無理をしないように。体に気をつけて」

母の布津が穏《おだ》やかな笑みを浮かべた。

「はい。食すものに気をつけてまいります」

角之進も笑みを返した。

「さ、王之進《おうのしん》。父上にごあいさつなさい」

妻のおみつが息子の王之進に言った。

「行ってらっしゃいませ、父上」

王之進はしっかりした声で言った。

「ああ、行ってくる。母上を案じさせぬよう、達者で過ごせ」

角之進は跡取り息子に言った。

「はい」

王之進は明るい顔でうなずいた。

以前はこうして見送るときにべそをかいていたものだが、子は成長するものだ。

おみつと王之進は表まで見送りに出た。

そこに草吉《くさきち》が控えていた。

角之進がまだおのれの出生の秘密を知らぬ頃から仕えてきた小者だ。忍びの心得《こころえ》があるから、さまざまな場面で役に立つ。草吉の働きで救われたことも多かった。

「頼みますよ、草吉」

おみつが言った。

角之進と知り合った頃は湯屋の看板娘だったのだが、もうすっかり武家の女房の顔だ。

「はっ」

草吉は表情を変えずに答えた。

「よし、行こう」

半ばはおのれを鼓舞《こぶ》するように、角之進は言った。

「お気をつけて」

「行ってらっしゃいまし、父上」

愛する妻と子に送られて、諸国廻りは江戸の屋敷を発《た》った。

第二章　暗雲野麦峠

一

「せっかく来たのだから、本来なら諏訪大社《すわたいしゃ》の四社に詣《まい》りたいところだが」

上社《かみしゃ》の本宮《ほんぐう》に近い旅籠《はたご》で、角之進《かくのしん》が言った。

信濃国《しなののくに》の一宮《いちのみや》で、日《ひ》の本《もと》でも最古の神社の一つと言われる諏訪大社には、上社の本宮《ほんみや》と前宮《まえみや》、下社《しもしゃ》の春宮《はるみや》と秋宮《あきみや》、四つの社《やしろ》があり、すべて廻るのは時がかかる。

「物見遊山に来たのではないからな」

左近《さこん》がそう言って、湯呑みについだ酒を啜《すす》った。

「これから難所越えもありますし」

草吉《くさきち》が表情を変えずに言った。

「野麦峠《のむぎとうげ》だな？」

角之進が訊《き》いた。

「はい。冬場はことに難所で、落命する者も後を絶たないとか」

小者は答えた。

「信濃と飛騨《ひだ》の境の峠だからな。心してかからねば」

角之進も酒を呑む。

「うまい肴《さかな》を食えるのもいまのうちだ」

左近は渋く笑って、鯉《こい》の甘露煮《かんろに》に箸《はし》を伸ばした。

鯉の姿をとどめたままじっくり煮込んだ地の料理で、味がよくしみていてうまい。

「諸国廻りにも、こういう役得がなければな」

角之進もそう言って甘露煮をつついた。

「通ってきた甲州《こうしゅう》も料理がなかなかだったが、信州も負けてはおらぬ」

と、左近。

「甲州のほうぼうで食したほうとうはどれも美味《びみ》だった」

角之進は笑みを浮かべた。

とろみのある麺料理のほうとうは、武州では醬油味だが、甲州は味噌《みそ》仕立てだ。人参、大根、蒟蒻《こんにゃく》、里芋、それに、南瓜《かぼちゃ》まで入っている。味を吸った脇役の油揚げも美味だ。

「信州ではうまい蕎麦《そば》を食えるぞ。ここでもそろそろ出るかもしれぬが」

左近が言った。

「江戸の切り蕎麦と違って野趣《やしゅ》にあふれているからな」

角之進はそう言ってまた酒に手を伸ばした。

草吉は思い出したように箸を動かしている。出番が来るまではいたって影の薄い男だ。

うわさをすれば影あらわる、ではないが、おかみがほどなく蕎麦を運んできた。角之進が言ったとおり、挽《ひ》きぐるみの野趣あふれる蕎麦だ。

「これはわしわしと噛《か》んで食す蕎麦だな」

諸国廻りは笑みを浮かべた。

「蕎麦の香りが立っていてうまい」

左近も満足げに言う。

「こうしてのんびりとうまいものを食えるのはいまのうちだから」

角之進が気を引き締めるように言った。

「せいぜい藪原《やぶはら》までだろう」

左近も和す。

「野麦峠には逃れ小屋が設けられているそうです」

蕎麦を少し胃の腑《ふ》に入れてから、草吉が伝えた。

「逃れ小屋か」

角之進が訊《き》く。

「はい。峠にさしかかるところで雨や雪が強まることがありますし、積もった雪に難儀して峠を越える前に日が暮れたりすることもあるようです」

草吉は答えた。

「なるほど、そういうときに逃れ小屋があれば身を寄せることができるな」

角之進はそう言うと、またわしっと蕎麦を嚙んだ。

「逃れ小屋が見つからなかったり、獣が襲ってきたりすることもあるそうですが」

と、草吉。

「おどかすな」

角之進が少し苦笑《にがわら》いを浮かべた。

「相済みません」

小者は表情を変えずに頭を下げた。

「何にせよ、食えるうちにうまいものを食っておこう」

左近がそう言って、残った甘露煮を口中に投じた。

「そうだな」

角之進の箸も続いて動いた。

二

その後は中山道《なかせんどう》を進み、繁華《はんか》な奈良井《ならい》宿を経《へ》て藪原宿で泊まった。

ここから先は中山道に別れを告げ、最大の難所の野麦峠を目指す。

こぢんまりとした旅籠だが、蕎麦もおやきも山菜の天麩羅《てんぷら》もうまかった。角之進も左近も難所を前に大いに英気を養った。

「かなり積もっているかもしれぬな」

旅籠を朝早く出るとき、行く手の山並みを見やって、角之進は言った。

「冬場だからな。雪が降らぬはずがない」

ゆうべのくつろいだ顔つきとはうって変わった表情で左近が言った。

積もっていても歩けるように、雪国で用いる樏《かんじき》を周到に携《たずさ》えてきた。それでも、雪の丈《たけ》によっては難儀をするだろう。

「よし、気を入れていこう」

諸国廻りが言った。

「わたくしが先導を」

草吉が先に立って歩きだす。

「頼むぞ」

その背に向かって、角之進が声をかけた。

「ここからまた長い道のりだな」

左近が渋く笑う。

「悪党を退治して、帰りにまたうまいものを食おうぞ」

角之進が笑みを浮かべた。

「おう」

相棒は短く答えた。

三

野麦峠が近づくにつれて、案の定、雪の丈が増してきた。

三人は樏を装着し、一歩ずつ慎重に進んだ。

「道に見えたところが崖だったりしますので」

先導する草吉が言った。

「気をつけろ」

うしろから角之進が言った。

「まだ峠は先だな」

左近がいささかうんざりしたように言った。

「この按配《あんばい》では、今夜の泊まりは逃れ小屋かもしれぬな」

角之進が答えたとき、行く手で音が響いた。

獣か。

諸国廻りは思わず身構えた。

さすがに鉄砲を背負ってくるわけにはいかない。関所もある。

だが……。

行く手に現れたのは獣ではなかった。

行者姿《ぎょうじゃすがた》の人だった。

「峠を越えてきたのか」

角之進が問うた。

「そうだ。飛騨《ひだ》へ向かうのか」

行者は問い返した。

「さよう。飛騨はどうだ。もしよければ話を聞かせてくれ」

間合いを詰めながら、角之進は言った。

「その先に逃れ小屋があるが、引き返す気はせぬ。短い立ち話なら」

行者は言った。

「それで重畳《ちょうじょう》だ。急ぐところをすまぬ」

角之進はわびた。

「なんの。いまからなら、暮れるまでに里には着くだろう」

精悍《せいかん》な顔をした行者が言った。

諸国を放浪しているのか、とくに訛《なま》りはない。

すれ違える平らなところまで進み、角之進は足を止めた。

「われらは諸国を見廻り、悪党どもを懲《こ》らしめるつとめの最中だ。飛騨にただならぬ暗雲が立ち込めているというさる筋の見立てがあったにより、こうして足を運んでいる」

角之進は役職名のみ伏せて告《つ》げた。

「さる筋とは？」

行者の眼光が少し鋭くなった。

「由緒ある神社の宮司がその暗雲に気づいた。よって、われらは飛騨に向かっている」

諸国廻りは包み隠さず言った。

「おれはその飛騨から逃《のが》れてきた」

行者の眉間にしわが浮かんだ。

「何か見聞きしてきたか。知るところをわれらに伝えてもらえればありがたい」

角之進は軽く頭を下げた。

「おれの耳は常《つね》ならぬものを聞き、おれの鼻は尋常《じんじょう》ならざる臭いを嗅《か》ぐ」

行者は迂遠《うえん》な答え方をした。

「飛驒でそういうものに接したのか」

今度は左近が問うた。

「いかにも」

行者の表情が曇った。

「怨嗟《えんさ》の声、嘆きの声、果ては悲鳴まで、飛驒にはさまざまな声が渦巻《うずま》いていた。むろん、常人《じょうじん》には聞こえぬ。おれの耳にだけ、そのようなただならぬ声が届くのだ」

行者は苦しげに告げた。

「その声が響いたのは飛驒高山《たかやま》の城下か」

諸国廻りが問うた。

「見かけだけは、飛驒高山の城下は平穏《へいおん》だ。さりながら、ひとたび山のほうに目を転じると、風に乗って常ならぬ声が響いてくる」

行者は大きな耳に手をやった。

「してみると、飛驒の在所《ざいしょ》のほうでただならぬことが生じつつあるということか」

角之進が訊いた。

「ただならぬことが生《しょう》じているのは間違いない」

行者はそう断言した。

「飛騨郡代《ぐんだい》が替わってから、暗雲が漂《ただよ》いはじめたようだが」

と、角之進。

「それは分からぬが、飛騨では急速にある教えが広がり、教徒の数が増している」

行者がそう伝えた。

「いかなる教えだ」

角之進が訊く。

「宗派の名は黒卍教《くろまんじきょう》。黒い卍と教祖を拝《おが》めば平安が得《え》られるという、いたって単純な教えだ」

行者は答えた。

「本山は飛騨のいずこにある？」

左近が問うた。

「北のほうに大きな寺があり、高潔上人《こうけつしょうにん》という高僧が君臨していると聞いた。高く潔《いさぎよ》いの高潔だ」

行者は字を教えた。

「寺の名は」

また角之進が訊く。

「宗派の名と同じ黒卍寺だ。くわしい場所は知らぬ」

行者は答えた。

「郡代は野放しにしているのか」

諸国廻りがいくらか怒りをこめてたずねた。

「そのようだ。高山の城下から娘や若者が次々に姿を消している。どうやら黒卍教にさらわれているようだ」

行者の眉間にまたしわが浮かんだ。

「人さらいか」

角之進の表情が曇った。

「子をさらわれた親の嘆《なげ》きの声だけでも、高山の城下に渦巻いている。とても耐えられぬゆえ、おれは早々に逃れてきた。一介の行者には何もできぬからな」

行者は苦しげに言った。

その後もしばらく飛驒高山の城下の話を聞いた。飛驒屋が扱っていた飛驒の新たな特産品にも、行者は不吉な臭いを嗅いでいた。

風が強まってきたから、ここで別れることにした。

「逃れ小屋を通りすぎると、夜中に難儀をする。幸いにも遭遇はしなかったが、狼《おおかみ》や熊も出る。気をつけよ」

行者は最後に言った。

「相分かった。礼を申す」

諸国廻りは行者に頭を下げた。

四

逃れ小屋は粗末《そまつ》な造りだった。危《あや》うく通り過ぎるところだったほどだ。

「ないよりはましか」

角之進は苦笑いを浮かべた。

「そのうち暮れる。粥《かゆ》でもつくって食ってから寝よう」

左近が言った。

「では、あまり雪のないところで火を熾《おこ》します」

草吉が素早く動いた。

嚢《ふくろ》には鍋と米と山菜、それに味噌と醤油も入っている。薪《たきぎ》もある。水は雪を溶《と》かせば足《た》りる。

「うまいものは、また高山で食うことにしよう」

しばらく経ってできあがった粥をすすりながら、角之進が言った。

「城下は不穏らしいから、うまいものが食えるかどうかは分からぬが」

と、左近。

「なに、旅籠くらいはやっているだろう」

角之進はそう言ってまた粥を啜った。

素朴な粥だが、雪の積もった峠で暖を取れるだけでありがたい。

ささやかな夕餉《ゆうげ》を終えた一行は、逃れ小屋に入った。三人が身を寄せるといささか窮《きゅう》屈《くつ》だが是非もない。

夜が更《ふ》けると、吹雪《ふぶき》になった。激しい風が吹きすさぶと、小屋が根こそぎ吹き飛ばされてしまいそうだった。

野麦峠の闇が牙を剝《む》いていた。風の音にまじって、獣のうなり声も響《ひび》いてきた。

空耳ではない。狼だ。

さしもの角之進も眠りが浅かった。轟音《ごうおん》に近い風の音に驚いて飛び起きると、その後はなかなか眠ることができなかった。

ようやくうとうとしたが、左近の声で起こされた。

「おい、角之進。外へ出られぬぞ」

左近が切迫《せっぱく》した声で告げた。

「雪のせいか」

角之進が言った。

「戸が開かぬ」

左近が顔をしかめた。

「力を合わせて開けましょう」

草吉は冷静な顔つきで言った。

「それしかあるまい」

角之進は両手を打ち合わせた。

「掛け声を発して、ぐっと力を入れよう。そうすれば、開くかもしれぬ」

左近が気を取り直して言った。

「よし。一《ひ》の二《ふ》の……三《み》っ」

一晩のうちに積もった雪はなかなかに手ごわく、三人がかりでもなかなか戸を開けることができなかったが、いくたびか試《こころ》みているうちにようやく開いた。

「ふう」

角之進は思わず息をついた。

目の前に広がっているのは、いちめんの新雪だ。

どこが峠へ通じる道か分からない。

「慎重にまいりましょう」

草吉が先に進みはじめた。

「おう」

「心得《こころえ》た」

角之進と左近が続いた。

五

「この道でよさそうだな」

歩を進めながら、角之進が言った。

「間違いなかろう。下りに入った」

左近が言う。

だが……。

ほどなく、異変が起きた。

「お気をつけて」

先導する草吉が切迫《せっぱく》した声をあげた。

「いかがした」

角之進が問う。

「獣がいます。この先の林に」

忍びの心得のある小者が告げた。

「狼か、熊か」

今度は左近が問うた。

返事を待つまでもなく、答えが分かった。

獰猛《どうもう》な声が響いたかと思うと、林から二匹の獣が先を競うように姿を現したからだ。

狼だ。

草吉が手裏剣を放った。

命中したはずだが、狼の勢いは鈍《にぶ》らなかった。

角之進と左近めがけて疾走《しっそう》してくる。

「若さま！」

おのれは素早く体をかわして、草吉が叫んだ。

「斬れ」

そう言うなり、角之進は抜刀《ばっとう》した。

「おう」

左近が続く。

あいにく雪が積もっている。いつもの足の送りができない。

それに、相手は剣士ではなかった。

人が相手なら、これまでの稽古の蓄《たくわ》えがある。どういう剣筋を振るってくるか、ある程度は読むことができる。

だが、敵は獣だった。

しかも、獰猛極まりない狼だ。

「うっ」

角之進はうめいた。

跳《と》びかかってきた狼が、やにわに腕を嚙んだのだ。

鋭い痛みが走った。

「小癪《こしゃく》な」

角之進は剣を振り下《お》ろした。
ぎゃっ、と悲鳴があがる。
狼の頭は半《なか》ば二つに割れていた。
「ていっ」
左近も続いた。
剣が狼の肉を裂《さ》く。
それでも、獣はなおも襲いかかってきた。
雪の上に鮮血が飛び散る。
一匹目の狼が絶命した。
残るは一匹だけだ。
「死ねっ」
角之進の怒りの剣がうなった。
二匹目の狼も断末魔の悲鳴をあげた。
長く耳に残る恐ろしい声だった。
「若さま」
草吉が歩み寄る。

「大丈夫か、角之進」

左近が気づかった。

「不覚なり。かすり傷だ」

角之進は強がった。

「傷口に酒を」

草吉が言った。

「そうだな」

呑むばかりではなく、こういう時にも備えて酒は持参していた。

狼に嚙《か》まれた傷口からはまだ血が滴《したた》っていた。

酒を口に含むと、角之進は勢いよく噴《ふ》きつけた。

「ううっ」

諸国廻りの顔がゆがんだ。

耐えがたい痛みが走ったのだ。

その日、飛驒高山に着くまでに、角之進は熱を発した。

それが苦難の始まりだった。

第三章　死の町

一

肉を食いちぎられるほど深く嚙《か》まれたわけではないが、毒がたしかに回ってしまったようだ。飛驒高山《ひだたかやま》に着くなり、角之進《かくのしん》は高熱を発した。

「大丈夫か。顔が真っ赤だぞ」

左近《さこん》が気づかう。

「悪寒《おかん》がする。面目《めんぼく》ないことだ」

角之進は答えた。

「旅籠《はたご》を探してまいります」

草吉《くさきち》がさっと動いた。

「おう、頼む」

左近が右手を挙《あ》げた。

城下の通りを見ながら、角之進は無言で歩いた。

飛驒高山の城下には活気がなかった。おのれの不調のせいかとも思ったが、そうではなかった。

笑い声は響かない。たまさかすれ違う者の顔にも、喜色《きしょく》はいささかも浮かんでいなかった。

物売りすらろくに通らなかった。熱のある目で見ているせいか、城下が死に覆われてしまっているかのようだった。

どの家の中にも死人がいる。いままさに死にかけている者がいる。

そんな不吉な思いを頭から振り払うことができなかった。

ややあって、草吉が急ぎ足で戻ってきた。

「見つかったか」

左近が問う。

「はい。夕餉《ゆうげ》もできます」

草吉は答えた。

「ひとまずそこで休め、角之進」

補佐役が言った。

「ああ、そうしよう」

諸国廻りはしゃがれた声で答えた。

二

旅籠にほかに泊まり客はいなかった。

あまり愛想のないおかみの案内で、諸国廻りの一行はがらんとした部屋に通された。

「とにもかくにも、休め。体を治すのが先決だ」

左近が言った。

「そうしよう。まずは寝なければな」

角之進は答えた。

布団に入るや、草吉が盥《たらい》を運び入れ、水に浸《ひた》した手拭《てぬぐい》を額にのせてくれた。

「すぐ乾きそうです」

さしもの草吉も案じ顔になった。

「城下の見廻りも、頼む」

角之進は言った。

「はあ、ですが」

草吉は逡巡《しゅんじゅん》した。

「手拭はおれがやる。おまえは城下を見廻り、黒卍教《くろまんじきょう》などについて調べてきてくれ」

左近が言《い》った。

「頼む」

角之進も短く言った。

「承知しました。では」

草吉はすぐさま腰を上げ、旅籠から出ていった。

「熱が出ているのは、身の内の毒を追い出しているからだ。じきに治る」

左近はそう言いながら、手拭を水に浸して絞り、また角之進の額にのせた。

「すまぬな」

角之進がわびた。

「なんの。おれが狼に嚙まれて熱を出したら、おぬしが看病してくれ」

左近は軽口を飛ばした。

夕餉までまだいくらか間があった。

角之進は少しでも眠っておくことにした。

背にべっとりと寝汗をかきながら、角之進は眠った。

そして、面妖《めんよう》な夢を見た。

三

夢の中で、角之進は黒卍教の教祖になっていた。

高潔上人《こうけつしょうにん》だ。

みながおのれを崇《あが》めていた。

丘の上に立派な伽藍《がらん》がある。そこが黒卍教の根城だ。

塔のごときものがあり、教祖が姿を現わすと、四方を埋め尽くした民からしきりに声が飛んだ。

「お上人さま」

「ありがたや、ありがたや」

なかには泣いて拝《おが》んでいる者もいる。

違う、人違いだ。
おれは高潔上人ではない。諸国廻りの飛川《とびかわ》角之進だ。この顔を見れば分かるだろう。
角之進は顔に手をやった。
妙な感触が走った。
いつのまにか、おのれは覆面をかぶっていた。
「お上人さま」
「ありがたや、ありがたや」
信者たちが拝む。
いかん、素顔をさらして誤解を解かねば。
角之進は覆面を脱ごうとした。
しかし……。
いっかな脱ぐことができなかった。
息をあえがせながら、角之進は苦闘した。
全身から汗が噴き出す。
それでも、どうしても覆面は脱げなかった。
人違いだ。高潔上人に扮しているのは、ほかのだれかだ。

心の叫びは声にならなかった。

「教祖さま、お救いください」

「お上人さま」

信者たちがなだれこんでくる。

みな憑《つ》かれた目で、両手を挙げながら角之進に向かって突進してくる。

下がれ。おれは教祖ではない。

人違いだ。

だが、それを証《あか》しだてすることはできなかった。覆面を脱ぐことができない。

信者たちは濁流《だくりゅう》になって押し寄せてきた。

その流れにいままさに呑みこまれようとするとき、ようやく夢の潮《しお》が引いていった。

四

「若さま、若さま」

草吉の声で目が覚《さ》めた。

「大丈夫か、角之進。ずいぶんうなされていたぞ」

左近も案じ顔で言った。

角之進は半身を起こした。背中をまたひとしきり汗が伝っていった。

額に手を当てる。

「熱はいかがです？」

草吉が問うた。

ぶるっ、と一つ、角之進は身をふるわせた。

まだ本調子には遠いが、峠は越えたように思われた。

「いくらか下がった……いや、だいぶましになった」

角之進はそう言って額を手でぬぐった。

「顔色は良くなったぞ」

左近が言った。

「そのように見えます」

草吉も和す。

「そろそろ夕餉だろう。粥《かゆ》でもいいから、何か胃の腑《ふ》に入れろ」

と、左近。

「分かった。何か食う」

角之進は右手を挙げた。

ややあって、膳が運ばれてきた。

左近と草吉は飯に川魚の焼き物などを食していたが、角之進は粥と焼き味噌と沢庵《たくあん》だけ食すことにした。

「町の様子はどうだった」

ゆっくりと粥を啜《すす》りながら、角之進はたずねた。

「活気がなく、ひっそりとしておりました。それに……」

草吉はひと息入れてから続けた。

「わたくしの耳には、ほうぼうから悲しみの声が聞こえてまいりました。ことに、子をさらわれた者のやり場のない悲しみと怒りの声が」

草吉はおのれの耳に手をやった。

「子をさらっているのか」

左近が顔をしかめた。

「さようです」

草吉がうなずく。

「わらべをさらうのか」

角之進はそう言って、焼き味噌とともに粥を啜った。

五臓六腑《ごぞうろっぷ》にしみる味だ。

「いえ。いま少し大きい娘や若者がさらわれているという噂です」

草吉は答えた。

「さらっているのは黒卍教か?」

角之進が問うた。

「そのようです。さらわれた者は、飛騨の辺境にある総本山の寺へ連れて行かれるのだとか」

草吉が告《つ》げた。

「郡代は手をこまねいているだけか」

角之進は苦々《にがにが》しげに言った。

「いまの国松郡代《くにまつぐんだい》に替わってから、黒卍教は急速に勢力を拡大し、高潔上人はいまや飛騨の領主のごときものと化しつつあるようです」

町の様子をうかがってきた草吉が伝えた。

「まあ何にせよ、本復《ほんぷく》してからだ。動くにはまだ早い」

左近がそう言って、湯呑みの酒を呑み干した。

「分かった。もうひと晩寝れば、熱とともに毒も抜けるだろう」

角之進はやっと笑みを浮かべた。

五

熱の峠《とうげ》は越えた。

翌朝に目覚めたとき、角之進はほっと息をついた。

昨日までとは違う。

ずいぶん汗をかいたおかげで、狼の毒は身の外へとほぼ追い出すことができた。

むろん、まだ立ち回りなどはできないが、町を見廻るくらいは大過《たいか》ないだろう。出遅れた分を取り戻し、飛驒の暗雲を振り払うために働かねばならない。

「よし」

諸国廻りは気を入れて立ち上がった。

「おう、どうだ」

朝餉に現れた角之進の顔を見て、左近が問うた。

「明日かあさってには本調子に戻るだろう。今日は焼き魚を食うぞ」

角之進は笑みを浮かべた。

「そうか。それはひと安心だ」

補佐役が白い歯を見せた。

「良うございました、若さま」

草吉もかすかにほほ笑んだ。

「朝餉が終わったら、町へ見廻りに出る。案内いたせ」

角之進は言った。

「はっ」

草吉は小気味よく答えた。

とくにうまい朝餉ではなかったが、普通のものを食べることができてほっとする思いだった。

「味はどうだ。分かるか」

左近が箸《はし》を止めて訊《き》いた。

「ああ、分かる。味噌汁が心にしみる」

角之進は答えた。

「ならば、大丈夫だな。昼は町のどこかで食おう」

左近が水を向けた。

「あまり見世《みせ》は開《あ》いておりませんが、探せば何かはあるでしょう」

草吉が言った。

朝餉を終えた角之進はひとしきり身を動かし、どれくらい回復したか試《ため》してみた。

剣を振るうのはともかく、歩く分には支障はなさそうだ。

「では、ゆっくりと参ろう」

角之進は支度を整えて旅籠を出た。

「ご案内いたします」

草吉が一礼した。

六

飛驒高山の町は、まるで夢のように現れる。

草深い盆地ゆえ、どちらから足を向けても厳しい峠越えになる。

野《の》麦峠《むぎとうげ》から美女峠を越える街道もそうだったが、果たしてこんなところに大きな町があるのかと怪しまれるような場所に忽然《こつぜん》と家並みが現れるから驚く。

かつては城があり、威容《いよう》を誇っていた。しかし、飛騨が幕府領になったのを機に廃城となった。

城下ではなくなったものの、飛騨の中心として、高山は発展を続けてきた。旅籠や見世が立ち並び、さまざまな振り売りがにぎやかな声を発しながら行き交《ゆか》っていた。

だが……。

新たな郡代が支配し、黒卍教の影が濃くなるにつれて、高山の町にも陰りが見えるようになってきた。人々の顔から笑みが消え、町は静まり返った。

それはかつての飛騨高山ではなかった。うっすらと死の影が漂《ただよ》う不吉な町に変容してしまっていた。

「あれは飛騨屋の出見世《でみせ》か？」

左近が行く手を指さした。

「江戸の見世と同じのれんだな」

角之進も気づいた。

「はい。近年売り出されるようになった焼き物と染め物を取り扱っています」

草吉が告げた。

「行ってみるか」

左近が水を向けた。

「ほかに開いている見世がないし、人もめったに通らぬからな」

ほうぼうに目をやりながら、角之進は答えた。

見世番をしていたのは愛想のない年増女だった。おのれは見世の番をしているだけで、あるじはべつにいるという話だ。

「これらの品は江戸でもあきなわれていた。飛騨のいずこでつくっておる」

左近が問うた。

「さあ」

女は首をひねった。

「いずこでつくっているか知らぬと申すか」

角之進はあごに手をやった。

まだ本調子ではないが、だいぶ旧に復してきた。

「存じません」

本当かどうかは分からないが、見世番の女はそう答えた。

さらにいくつか質問を発したが、埒《らち》が明かないので見世を出た。

「気が悪くなるような見世であった」

角之進は顔をしかめた。

「後ろ盾は郡代か、あるいは黒卍教ということも」

草吉が告げた。

「両方が結託していることも考えられるな」

左近が言った。

「そのあたりは慎重《しんちょう》に探らねばな」

諸国廻りの表情が引き締まった。

七

しばらく進むと、ようやく物を食わせる見世が見つかった。

香ばしい味噌の匂いが漂ってくる。

媼《おうな》が焼いていたのは五平餅《ごへいもち》だ。

そのむかし、山仕事をする者たちが、ありあわせの飯をつぶして木の板にすりつけ、味噌を塗って焼いて食べたところなかなかの美味だった。それがいまに伝わり、飛騨の名物料理の一つとなっている。

諸国廻りの一行は二本ずつ頼み、長床几《ながしょうぎ》に座って茶を呑みながら食した。

「あまり人通りがないようだが、町の様子はどうだ」

角之進は女あるじに訊いた。

「はあ……近頃は剣呑《けんのん》で」

あいまいな返事があった。

「どう剣呑なのだ？」

角之進はさらに問うた。

媼は答えなかった。

「若者や娘が姿を消していると聞いたが」

左近が踏みこんだ。

「さあ、知らんな」

茶見世の女あるじはそっけない返事をした。

五平餅を食べ終えた一行はさらに町を歩いた。

「後ろから男が二人来ます」

草吉が小声で告げた。

忍びの心得のある者はいち早く察したらしい。

「おう」

角之進は短く答えた。

「郡代の手の者か」

左近が声を落として問う。

「いえ……町場の者のように感じられます」

まるで後ろに目がついているかのように、草吉は答えた。

そろそろ旅籠が近づいてきた。

「戻るか」

左近が問うた。

「そうだな。歩き回ったゆえ、いささか疲れた」

角之進は答えた。

「代官所へ顔を出すのは本復してからだな」

半ばは後ろの者たちにも聞かせるために、左近は声を大きくして言った。

「そうだ。飛騨で何が起きているのか、国松郡代に訊かねばならぬ」

角之進も心得て声を上げた。

ほどなく、後ろの気配が濃くなった。

「もし」

声がかかった。

振り向くと、二人の男が立っていた。

顔が似ているから親子だろう。

「われらは江戸から来た。おれは諸国の悪を取り締まる諸国廻りだ。何か伝えたいことがあるのなら、そこの旅籠で聞こう」

角之進は行く手を指さした。

「娘のゆくえを、探してくだせえ」

父とおぼしい男が言った。

「妹がさらわれたんだ」

せがれと思われる男が明かした。

それでおおよそのいきさつが呑みこめた。

「分かった。くわしい話は旅籠で」

角之進は引き締まった表情で告げた。

八

旅籠の夕餉の前に、二人の話を訊くことにした。

父の名は平吉《へいきち》。高山の町で豆腐をつくって売り歩くあきないをしているらしい。

せがれの名は平太《へいた》。さらわれたのはその妹のおさよだった。

「剣呑だから気をつけろと言ってたんじゃ」

平吉は悔《くや》しそうに言った。

「だれにさらわれたのか分かるか」

角之進は単刀直入に問うた。

「飛騨の北のほうにでっけえ寺があってな。そこの真っ黒な坊主が悪さをしとると噂になっとった」

せがれの平太が答えた。

「黒卍教だな」

左近が厳しい顔つきで言った。

「おそがい話じゃ」

平吉が顔をしかめる。

おそがい、は恐ろしいという意味らしい。

「一人でいるところをさらわれたのか」

ややいぶかしげに角之進は問うた。

「いや、朋輩《ほうばい》と習いごとに行って、二人ともさらわれよった」

父が答えた。

「さらわれたんじゃなければ、帰ってくるはずだ。ほかにもそんなふうにゆくえ知れずになったもんがぎょうさんいよる」

せがれが苦々しげに伝えた。

「諸国廻りっちゅうお役目は、諸国の悪いやつらを捕まえるんですな？」

平吉が訊いた。

「そうだ。日の本じゅうを廻り、どんな悪でも懲《こ》らしめるのが役目だ」

角之進は答えた。

それを聞いて、父と子は目と目を見合わせた。

「お頼み申します」

父が先に畳の上に両手をついた。

「おさよを助けてやってくだせえ」

平吉は精一杯の声で言った。

「おっかあも具合が悪うなって、食いもののどを通らねえほどで。どうかお頼み申します」

平太も続く。

「分かった。顔を上げよ」

諸国廻りは情のこもった声をかけた。

「へい」

顔を上げた二人の目はうるんでいた。

思いの伝わるまなざしだ。

「近々、郡代に会って問いただすつもりだ。陣立てが整えば、黒卍教の寺へ討ち入り、囚われの身となっている者たちを救うこともできるだろう。しばし待て」

角之進の声に力がこもった。

「どうかよろしゅうに」

「お頼みいたします」

父と子の声がそろった。

「われらに任せよ」

諸国廻りの声に力がこもった。

第四章　陣屋と夜襲

一

もうひと晩寝ると、角之進《かくのしん》の調子は旧に復した。

飛驒《ひだ》まで物見遊山《ものみゆさん》に来たのではない。角之進はさっそく高山《たかやま》の陣屋へ赴《おもむ》き、郡代《ぐんだい》に会うことにした。

諸国廻りとしての身分と来意《らいい》を告《つ》げると、黒書院の間に通された。郡代が来るまで、角之進は左近とともにここで待った。草吉《くさきち》は外で待機だ。

「なかなかに立派な構えだな」

角之進は小声で言った。

「日の本に四人しかいない郡代の一人だからな」

左近《さこん》も声を落として答える。

「瓦《かわら》ではなく、おおむね木材が用いられている」

角之進は天井を指さした。

「飛驒は木材の産地だし、冬には雪が積もるゆえ、そのほうが良いのだろう」

左近は答えた。

「木材ばかりでなく、金銀銅などが採集できるゆえ、飛驒は辺陬《へんすう》の地であっても要《よう》衝《しょう》とされている。その地で得体《えたい》のしれない宗教が幅を利《き》かせ、有為《ゆうい》の若者が次々にさらわれているのは由々《ゆゆ》しいことだ」

角之進は諸国廻りの顔で言った。

「黒卍教《くろまんじきょう》が急速に勢力を拡大し、江戸に飛驒屋という出見世《でみせ》のごときものを出している。郡代はただ手をこまねいて見ているだけなのか」

左近が腕組みをした。

「手をこまねいているどころか、郡代もひと役買っているかもしれぬ」

と、角之進。

「国松《くにまつ》郡代が当地に赴任《ふにん》してから、黒卍教の跳梁《ちょうりょう》が始まったわけだからな」

左近がさらに声を落とした。

「そうだ。もしその両者が結託しているとすれば……」

角之進はそこで口をつぐんだ。

太鼓が一つ、控えめに打たれた。

ほどなく、飛騨郡代、国松四郎史枝《しろうふみしげ》が姿を現した。

二

「お役目、大儀《たいぎ》でござる」

飛騨郡代はそう言って一礼した。

色の浅黒い偉丈夫《いじょうふ》だ。

諸国廻りを迎えるために羽織袴に威儀《いぎ》を正している。豊かな髷《まげ》を白い元結《もとゆい》で留《と》めた姿は、郡代にふさわしい貫禄《かんろく》だった。

「さっそくだが、飛騨では近年、黒卍教なるものが勢力を伸ばしていると聞き及んだ」

角之進はそう切り出した。

国松郡代がうなずく。

「高潔上人《こうけつしょうにん》が率いる黒卍教には、良からぬ風評がまとわりついている。郡代どのは承知されているか」

角之進はさっそく切りこんだ。

「いかにも」

国松郡代は茶を少し啜《すす》ってから続けた。

「それがしの赴任直後から、まるで待ち受けていたかのように黒卍教の勢力が増しはじめたのだが、かような仕儀に相成《あいな》るとは」

飛騨郡代は苦々《にがにが》しげに言って、首を左右に振った。

「かような仕儀とは、飛騨の若者が次々にさらわれていることか」

角之進は問うた。

「そのとおり。由々《ゆゆ》しきことでござる。有為の若者たちをさらうとは、神をも畏《おそ》れぬ所業なり」

国松郡代は湯呑みを置き、鬢に手をやった。

憂慮《ゆうりょ》している様子ではあるが、何がなしに芝居をしているような感じもした。

「黒卍教の寺は新たにつくられたものか」

今度は左近がたずねた。

なじみが薄い諸国廻りの補佐役ということで、侮《あなど》られぬようにするため強めの口調を用いている。

「いや、かつて出城《でじろ》としてつくられたものがべつの宗派の寺となっていたのだがいつしか廃寺となり、黒卍教の高潔上人が物の見事に乗っ取ってしまったのでござるよ」

郡代はそう答えた。

「物の見事にか」

角之進が言葉尻をとらえた。

「いかにも」

国松郡代は薄く笑った。

「領内で若者や娘をさらっているのは黒卍教のしわざと決めつけていいのか」

角之進はじっと郡代の目を見て訊《き》いた。

「ほかには考えられぬところで」

飛驒郡代はすぐさま答えた。

「何のためにさらっている?」

左近が問うた。

「それは……勢力を増すためでござろう。あるいは、おのれの抜きん出た力を誇示するためか」

国松郡代は少し考えてから答えた。

「黒卍教の寺には僧兵のごときものがいるのだろうな」

と、角之進。

「諸国から選《よ》りすぐりの剣士を集めているとも聞き及んでおります」

郡代は告げた。

「選りすぐりの剣士か」

角之進はあごに手をやった。

「寺で戦わせ、勝ちを収めた者だけを雇《やと》うことにしているようで」

飛驒郡代が言った。

「なぜそこまで知っている」

諸国廻りは少し声を落とした。

「いろいろと探《さぐ》りを入れておりますからな」

郡代はまた笑みを浮かべた。

ただし、目の芯《しん》の瞳はいささかも笑ってはいなかった。

嫌な笑いだ、と角之進は思った。

郡代の言葉に信を置けるかどうか、これははなはだ疑わしい。

「江戸の飛騨屋という見世に立ち寄ったことがある。あれは郡代どのの肝煎《きもい》りか」

左近が問うた。

「いかにも」

国松郡代はうなずいた。

「飛騨の民の励みになればと思い、白き陶器と紅き染め物を奨励《しょうれい》してつくらせております。江戸に見世を出せば、飛騨という国の引札《ひきふだ》(宣伝)にもなりますからな」

その言葉だけをとらえれば、知恵に秀《ひい》でた名代官のようだった。

「それはいずこでつくっているのか」

角之進は問うた。

「飛騨に決まっておりましょうが」

やや小馬鹿にするかのように、国松代官は答えた。

「飛騨のいずこか」

諸国廻りはさらに問うた。

「領内のあちこちに点在しております」

木で鼻をくくったような答えが返ってきた。

いささか遅いが、女が茶菓を運んできた。

角之進と左近は目と目で合図をした。念のために、菓子はもとより茶にも口はつけなかった。

ひそかに悪事を行っていたとすれば、諸国廻りは招かれざる客だ。一服盛られることも頭に入れておかねばならない。

「黒卍教の寺へ攻め込むということになれば、代官所の捕り方を貸してもらえるだろうか」

角之進は問うた。

「それはむろん」

飛騨代官は即答した。

「われらにとってみれば、黒卍教は獅子身中《しししんちゅう》の虫のごときもの。ぜひとも一掃していただきたい」

国松郡代の声に力がこもった。

三

高山陣屋からの帰路、諸国廻りの三人はのれんを出していた蕎麦屋《そばや》に立ち寄った。

「ああ、茶がうまいな」

角之進が渋く笑った。

「のどは渇《かわ》いたが、ここは我慢だと思ってこらえた」

左近も続く。

「おまえのほうはどうだった？　何か悪《あ》しき気は感じたか」

角之進が草吉に問うた。

小者は陣屋に上がることなく、庭で控えていた。

「高山の陣屋そのものから、そこはかとなき瘴気《しょうき》のごときものが」

草吉は慎重に答えた。

「それは陣屋にまつわるものなのか」

角之進はなおも問うた。

「いえ、陣屋のあるじに由来するものではなかろうかと」

草吉は表情を変えずに答えた。

「黒卍教の高潔上人に、飛騨郡代の国松、厄介《やっかい》な男が二人もいるのか」

左近が苦々しげに言った。

「だからこそ、暗雲も漂《ただよ》うのだろう」

角之進がそう答えたとき、膳が運ばれてきた。

もり蕎麦におやき、さらに小鉢までついた盛りだくさんの膳だ。

小鉢の中身は、こも豆腐だった。飛驒では祝いごとでよく出される料理で、豆腐をこもに包んで煮る。藁《わら》の香りと模様がついたこも豆腐は、正月の雑煮の具にもなる。

「なかなかに風味豊かだな」

舌だめしをした角之進が言った。

「うむ、素朴《そぼく》な味がする」

左近もうなずく。

「ここもわしわしと嚙《か》んで味わう蕎麦だ」

角之進はそう言って、挽《ひ》きぐるみの黒っぽい蕎麦を箸でたぐった。

「そのうち、江戸の蕎麦が恋しくなるかもしれぬな」

と、左近。

「これはこれで美味《びみ》なのだが」

角之進はそう答えると、香り豊かな蕎麦をわしっと嚙んだ。

蕎麦屋で小腹を満たした一行は旅籠《はたご》に戻った。

旅籠には内湯がついていた。ゆっくりと湯に浸《つ》かり、川魚などの夕餉《ゆうげ》を食すと、角之進は早めに床に就《つ》いた。

飛騨に来て初めの異変が起きたのは、その晩のことだった。

四

草吉の声で目覚《めざ》めた。

切迫《せっぱく》した声だ。

「若さま!」

声は重ねて響いた。

ちょうど気がかりな夢を見ていたところだった。

初めは夢の中の出来事かと思った。危うくまた眠りの淵《ふち》に落ちるところだった。

しかし……。

角之進は、はっとして目を覚ました。すんでのところで我に返った。

その一瞬が運命を分けた。

「うっ」

角之進は思わずのけぞった。
剣風《けんぷう》を感じたのだ。
ぐさっ、と敵の刃《やいば》が刺さった。
つい今しがたまで、角之進が眠っていたところだ。
刀は枕元に置いてあった。いざというときに備えるためだ。
素早くそれを手に取ると、角之進は闇に目を凝《こ》らした。
「角之進！」
左近の声が響いた。
「敵だ」
角之進は短く答えた。
がっ、と乾いた音が響いた。
闇の中で火花が散る。
左近が敵の剣に向かい合ったのだ。
「若さま、庭へ」
草吉が鋭く言った。
見ると、庭のほうはかすかに明るかった。

月あかりがある。

「おう」

角之進は短く答え、庭のほうへ動いた。

その前に、抜刀《ばっとう》した敵が立ちはだかった。

幾人もで夜襲をかけてきたらしい。諸国廻りと知っての狼藉《ろうぜき》だろう。

「郡代の手の者か」

角之進は問うた。

高山の陣屋を訪れたばかりだ。招かれざる客を亡き者にしようという肚《はら》づもりかもしれない。

刺客は答えなかった。

代わりに、大上段から剣を振り下《お》ろしてきた。

灯《あか》りはなくても、気配で分かった。

長年の修練《しゅうれん》の賜物《たまもの》だ。

がしっ、と過《あやま》たず受ける。

「てえいっ」

角之進はそのまま押しこみ、庭のほうへ向かった。

「ぎゃっ」

すぐ近くで悲鳴が上がった。

敵だ。

庭に下りるとき、思わぬ不覚をとった。

暗くて足元がさだかでなかった。どこまで廊下の足場があるのか分からなかった。

「うっ」

角之進は短くうめいた。

足を踏み外し、身が一回転した。

どうと背から庭に倒れる。

「食らえっ」

そこへ刺客が斬りこんできた。

危ない。

角之進はとっさにあるものを動かした。

抜刀した剣を握る腕ではない。

それでは間に合わない。

角之進が動かしたのは、両足だった。

あお向けに倒れながらも二つの足をそろえ、思い切り蹴《け》り上げる。
敵の勢いも使い、うしろへ蹴り上げる。
巴投《ともえな》げだ。
剣術ばかりではない。諸国廻りには柔《やわ》ら術の心得もある。
「うわあっ」
放り投げられた刺客が声を発した。
いまだ。
角之進は総身《そうみ》に力を入れ、体勢を整え直した。
敵は構えるのが遅れた。
この一瞬の隙《すき》を逃《のが》してはならぬ。
角之進は鋭く踏みこみ、袈裟懸《けさが》けに斬《き》った。
手ごたえがあった。
ばっ、と血潮が闇に舞う。
刺客はそれきり斃《たお》れた。

五

「若さま！」

草吉の声が聞こえた。

月あかりがある。

小者の姿は、旅籠の屋根にあった。

庭にむくろがころがっている。

その額には、草吉が放ったとおぼしい手裏剣が深々と突き刺さっていた。

左近は鎖鎌《くさりがま》の遣い手ともみ合っていた。

「死ねっ」

敵の声が響いた。

助太刀に出ようとした角之進は思いとどまった。

背後に殺気を感じたのだ。

「きえーい！」

襲ってきたのは上背《うわぜい》のある偉丈夫だった。

一刀流だ。
初太刀《しょだち》に全身全霊をこめてくる恐るべき剣だ。
敵を一撃で斬り裂く。
その気合が一刀流の真骨頂《しんこっちょう》だ。
かわそうとしてはいけない。ひるんでも駄目だ。
受ける。
敵の一撃を、おのれも全力で受ける。
それしかない。
がっ、と鈍い音が響いた。
闇の中で火花が散る。
一瞬、脳天に痺《しび》れが走った。
それほどまでに勁《つよ》い剣だ。
しかし……。
初太刀は正しく受けた。
「てやっ」
敵は次の剣を振り下ろしてきた。

これも受ける。

二度、三度と受けるに従い、だんだん剣筋が見えてきた。

同じ一刀流でも、剣士によって微妙に違う。その違いを受け誤ると命取りになってしまう。

だが、もう大丈夫だ。恐るるに足りぬ。

「うぬは陣屋の者か」

諸国廻りは問うた。

答えはなかった。

代わりに、また剣が振り下ろされてきた。

「ぐわっ」

いくらか離れたところで悲鳴が響いた。

左近が鎖鎌の敵にとどめを刺したのだ。

残る刺客はただ一人だった。

焦《あせ》りの色の見える刺客は、角之進めがけてやみくもに剣を振るってきた。

隙が見えた。

素早く横に動くと、角之進は敵の死角から鋭く斬りこんだ。

その刃は、敵の首筋を深々と斬り裂いていた。

返り血が飛ぶ。

あたたかい血の臭《にお》いは生臭《なまぐさ》かった。
二、三歩よろめくと、刺客は前のめりに倒れた。
そして、それきり動かなかった。

「若さま」

草吉が下りてきた。

ふう、と一つ息をつくと、角之進は血ぶるいをして刀を納めた。

そのとき、気づいた。

「大丈夫か」

左近が歩み寄ってきた。

「ああ、大丈夫だ。それより、見ろ」

角之進は絶命している刺客の背を指さした。

「これは……」

草吉も気づいた。

月あかりがそこを照らしていた。

敵の黒装束《くろしょうぞく》の背には、黒い卍の縫い取りがあった。

第五章　討伐と奪還

一

夜襲《やしゅう》の翌日はあわただしかった。

まずは高山陣屋《たかやまじんや》まで草吉《くさきち》を走らせ、昨夜の異変を告《つ》げた。

仔細《しさい》に検分してみると、襲ってきた四人の賊の装束《しょうぞく》にはみな黒い卍《まんじ》の縫《ぬ》い取りがあった。

黒卍教の手の者だ。

「諸国廻りさまの動きを監視していたのやもしれませんな」

飛驒郡代《ひだぐんだい》の配下の者が言った。

高山陣屋には、飛驒郡代のほかに手付《てつけ》と称される配下の者がいくたりかいる。ほかに書役《かきやく》や足軽《あしがる》などが詰めているが、むやみに人がいるわけではない。兵力と認められるほどの人数だったら、幕府のほうも黙ってはいない。

「高山陣屋から、だれかが見張りでもしていたか」

角之進《かくのしん》は探りを入れるように問うた。

陣屋の国松《くにまつ》郡代をたずねたその晩、四人の賊が旅籠《はたご》に押し入り、諸国廻りを亡き者にしようとしたのだ。飛騨郡代の差し金だったとすれば平仄《ひょうそく》が合う。

「これは異なことを」

手付は気色《けしき》ばんだ。

「襲撃を試《こころ》みた賊は黒卍教の衣装をまとっていたはず」

色をなして言う。

色白の細面《ほそおもて》だが、目に光のある男だ。

「郡代と黒卍教が結託していたとすればうなずけるではないか」

角之進は厳しい表情で言った。

「これはしたり。黒卍教の跳梁《ちょうりょう》にだれより頭を悩ませているのは、わが代官所でございますよ」

高山陣屋から遣《つか》わされた者は不服そうに言った。

「まあ、よしとしよう。とにもかくにも……」

角之進は左近《さこん》のほうをちらりと見てから続けた。

「黒卍教をこのまま放置しておくわけにはいかぬ。討伐隊《とうばつたい》を結成し、高山からさらわれた者たちを奪還《だっかん》せねばならぬ。国松郡代にそう伝えてくれ」

角之進は有無を言わせぬ口調で言った。

「承知しました。それがし、高山陣屋につとめる手付たちの頭《かしら》格で、永井武之進《ながいたけのしん》と申す。どうかよしなに」

そう名乗ると、眼光の鋭い男は一礼して去っていった。

二

諸国廻りが旗を振るまでもなかった。

黒卍教の討伐隊が結成されるという噂《うわさ》を聞いて、いくたりもが旅籠に集まってきた。

そのなかには、平吉《へいきち》と平太《へいた》の顔もあった。

「わしらも加勢しますで」

父の平吉が言った。

「段取りはできているのか」

角之進は案じて問うた。

「へえ、なんとか」

平吉は答えた。

「おっかさんは身内が預かってくださることになったんで」

せがれの平太が言う。

「豆腐屋は休むのか」

今度は左近がたずねた。

「それどころじゃねえんで」

と、平吉。

「おさよを取り戻すのが先決じゃで」

平太も和した。

身内を黒卍教とおぼしい賊にさらわれた者はほかにもいた。

「一命を賭して戦いますので、どうぞよしなに」

厳しい表情で告げた源三郎《げんざぶろう》という男は、いいなずけのおみかを賊にさらわれていた。

高山で織物をあきなっている若者だ。

「頼むぞ。織物を扱《あつか》っているそうだが、飛騨で新たにつくられはじめた染め物について何か知るところはあるか」

角之進はたずねた。

「紅《あか》い色合いの染め物ですな？」

源三郎はわずかに眉根を寄せた。

「そうだ。そなたも扱っているのか」

角之進は訊《き》いた。

「いえ、あれを扱っているのは陣屋の息のかかったところだけで」

源三郎は答えた。

「陣屋か」

左近が言う。

「はい。民が始めたものではないのです」

しっかりした受け答えをする男は首を横に振った。

「織り方や染め方についてはどうだ」

諸国廻りが問うた。

「織り方は従来どおりで、ありふれたものではあるんですが……」

源三郎はそこで言いよどんだ。

「染め方に異なところがあるか」

角之進は少し声を落とした。

「はい」

織物をあきなう男は一つうなずいてから続けた。

「ちょっと不吉な臭いがします」

源三郎はそう告《つ》げた。

三

旅籠は高山では大きいほうだが、討伐隊の本陣とするにはいささか手狭《てぜま》だった。

どうしたものかと思っていたところ、救いの手のごときものが伸びてきた。

町の外《はず》れにある古刹《こさつ》の住職がぜひお使いくださいと申し出てくれたのだ。

「飛騨の難を救うために立ち上がられた方々には、できるかぎりの力をお貸しいたしますので」

大乗《だいじょう》という名の住職は、快《こころよ》くそう申し出てくれた。

「それはありがたい。まだこれから人が集まるゆえ」

角之進は歯切れよく言った。

「当寺の若い僧たちには槍術《そうじゅつ》を教えております。身を護《まも》り、国を護るための鍛錬ですが、役に立つかもしれません」

精悍《せいかん》な表情の和尚は槍を突くしぐさをした。

「頼もしいかぎりだ」

角之進は白い歯を見せた。

高山陣屋からも足軽の一隊が来た。

「途中でまた増えることになっております」

手付頭《がしら》の永井武之進が告げた。

「そうか。民もまだまだ増えるだろう」

角之進は答えた。

「旗指物《はたさしもの》をつくればどうかな」

左近が案を出した。

「なるほど、一案だな」

角之進がうなずく。

「いかなる旗印に？」

永井武之進が問うた。

「そうさな」

諸国廻りは腕組みをした。

「囚《とら》われの者を奪還し、悪の根城と化しているとおぼしい黒卍教を殲滅《せんめつ》することが主たる目的だが、旗印は短いほうが良かろう」

左近が言った。

「短い旗印か」

角之進はなおも思案した。

「討伐隊の旗印ですから、『討伐、黒卍教』でよろしゅうございましょう」

大乗和尚が言った。

「なるほど」

角之進はうなずいた。

「たしかに、討伐を旗印にするのが分かりやすいかもしれません」

永井武之進が言った。

「さりながら、囚われの者を解き放つことも重要だな」

左近が引き締まった顔つきで言う。

「そのあたりは、ほかの者にも訊いてみよう」

角之進は腕組みを解くと、寺に集まっている者たちの意見を聞いた。

「黒卍教を討伐するのも大事じゃが、わしらにとってみりゃ、わが子を無事救い出すのがいちばんで」

平吉が真っ先に言った。

「そうじゃ。おさよを無事救い出さねば」

せがれの平太も和す。

「おみかのことを思うと、夜も眠れんで」

いいなずけをさらわれた源三郎も言う。

「よし」

話をひとわたり聞いていた角之進は両手を打ち合わせた。

「討伐のほかに、『奪還』も加えよう。黒卍教にさらわれた者たちの身を奪い還すのだ」

諸国廻りの声に力がこもった。

「ぜひとも奪い還してくだせえ」

平太が拳をぐっと握った。

「この身はどうなってもいいので」

源三郎も芯《しん》のあるまなざしで言った。

「われらに任せよ」

補佐役をちらりと見てから、諸国廻りは答えた。

四

その晩——。

高山の町と陣屋の様子をうかがってきた草吉が戻ってきた。

「何か動きはあったか」

角之進はたずねた。

「町は静まっております」

草吉は答えた。

「陣屋のほうはどうだ」

なおも問う。

「早駕籠《はやかご》とおぼしいものが出ました」

忍びの心得《こころえ》のある小者が答えた。

「だれが乗っていた」

角之進は少し身を乗り出した。

「簾《すだれ》で隠されていて見えませんでした」

草吉は答えた。

「おまえの心眼でも無理か」

半《なか》ば戯《ざ》れ言《ごと》めかして、角之進は言った。

「はい」

草吉が表情を変えずに答える。

「どちらへ向かった。町場か」

角之進はたずねた。

「いえ」

草吉は軽く首を横に振ってから続けた。

「北のほうへ向かいました」

草吉はそう告げた。

「北か……」

諸国廻りはあごに手をやった。

闇の中に、ぽつんと一つ、蠟燭《ろうそく》の灯《あか》りのごときものが見えたような気がした。

五

旗指物ができた。

大乗和尚が大きな筆を執《と》り、気合一閃《きあいいっせん》、雄渾《ゆうこん》な筆跡でこう記《しる》した。

討伐

「伐」の撥《は》ねがいまにも躍動《やくどう》しそうだ。

「こんな調子でよろしいですかな」

和尚が問うた。

「いいですね。おのずと気が入ります」

角之進は笑みを浮かべた。

「下がいくらか空《あ》いているので、黒い卍も記せばどうでしょう」

左近が水を向けた。

「なるほど」

和尚がうなずいた。

「では、それもお願いします」

諸国廻りがうながした。

「承知しました」

和尚は再び筆に墨を含ませると、姿かたちのいい卍を書き足《た》した。

「いいですね。次へ行きましょう」

角之進は笑みを浮かべた。

弟子の僧たちが墨を磨《す》り、支度が整ったところで二本目の旗指物に取りかかった。

「喝！」

おのれに気合を入れると、槍の名手でもある大乗和尚はぐっと筆を握り、こうしたためた。

「どちらの字にも魂《たましい》が入っていますね」

角之進が満足げに言った。

「これはどういうことで？」

「わしら、学がねえんで」

寺に集まってきた民が問うた。

「奪い還すという意味だ。黒卍教にさらわれた大事な者たちを、どうあっても奪還するぞという気合の旗印だ」

諸国廻りは引き締まった表情で答えた。

「なるほど」

「見てると気が入るな」

「奪い還すんじゃ」

寺に集まった民が口々に言った。

六

討伐隊の出立《しゅったつ》の日は明日に迫った。

一同は寺の本堂に集まり、山菜粥《さんさいがゆ》を食しながら作戦を練った。

「なにぶん寺方で、精のつく料理などは出せませんが」

大乗和尚が申し訳なさそうに言った。

「何の。飛驒は山菜もうまいので」

角之進は白い歯を見せた。

「精のつくものなら、古川《ふるかわ》に猪《いのしし》を食わせる見世があります」

手付頭の永井武之進が絵図を指さした。

本堂には大きな切絵図が広げられている。

むろん、飛驒国の絵図だ。

「古川で泊まりになるか」

角之進が訊いた。

「それだと高山から近いな」

絵図を見て左近が言った。

「峠《とうげ》を越えて、神岡《かみおか》に陣を敷《し》けばどうでしょう」

大乗和尚が言った。

「なるほど。それがいいかもしれませんな」

じっと絵図を見て、角之進は答えた。

高山から朝早く出陣するとすれば、峠を越えて、ちょうどいい頃合いに神岡に着きそうだ。

「ところで、郡代どのは出陣されぬのか」

諸国廻りは手付頭に問うた。

「陣屋に詰めておらねばなりませぬので」

永井武之進はすぐさま答えた。

あらかじめ答えを思案してきたかのような早さだ。

「黒卍教との乾坤一擲《けんこんいってき》のいくさになるかもしれぬのだが」

角之進は不満げに言った。

「それがしが郡代の代わりに出陣いたします」

手付頭が一礼した。

「わが僧兵もおりますし、旗印のもとに人も増えてまいりましょう」

大乗和尚が言った。

「槍を持って出陣されますか」

左近が問うた。

「むろん。そのいでたちを見て加わる者もおりましょう」

和尚は答えた。

「大勢の民が加わってくれれば、敵の脅威《きょうい》にもなりましょう」

角之進はうなずいた。

いざ出陣すれば、再び高山に戻れる証《あかし》はない。思い残すことがないようにと、寺にあった般若湯《はんにゃとう》がすべてふるまわれた。

「人生でいちばん力を出すときじゃ」

平吉が言った。

「おお、出さいでか」

せがれの平太が父に酒をついだ。

いいなずけをさらわれた源三郎は黙々と山菜粥を食し、酒を呑んでいた。

言葉は発しないが、期するところがある面持ちだ。

「で、麓《ふもと》の神岡に陣を敷き、機を見て攻めこむか」

左近が絵図を指さした。

「攻めこむ前に……」

角之進は草吉のほうを見た。

「忍びでございますか」

草吉は問うた。

「そうだ。陣を敷いたあと、頃合いを見て黒卍教の寺に忍びこみ、なるたけ多くのことを伝えてもらいたい」

角之進は言った。

「多ければ多いほうがいいだろうな」

左近が言った。

「と言うより、分からぬことが多すぎる。むやみに攻めこんでも敵の思う壺《つぼ》だ」

角之進が引き締まった表情で言った。

「承知しました」

草吉は請《う》け合った。

「では、明日の朝早くに出陣し、この山裾《やますそ》にある寺を目指すことにしよう」

諸国廻りは切絵図を指さした。
新たに墨で描き足された字があった。

卍

と記されている。
そこが黒卍教が根城としている寺だ。
その背後に、山があった。
名はこう記されていた。

天蓋山《てんがいさん》

第六章　十三墓峠の変

一

討伐隊《とうばつたい》は動いた。

討伐と奪還《だっかん》。

二つの旗指物《はたさしもの》をかざした討伐隊は、朝早くに高山《たかやま》を出て、まず飛騨《ひだ》国府《こくふ》を目指した。弥生《やよい》時代から人が生活を営んでいた土地で、かつては斐陀国《ひだのくに》の中心地として栄《さか》えていた場所だ。

田畑を耕していた者が討伐隊を見て手を止めた。

なかには驚きの目を瞠《みは》る者もいた。無理もない。大乗和尚《だいじょうおしょう》の寺の僧兵たちはみな槍《やり》を手にしていた。

「どこへ行くんじゃ」

「いくさか？」

討伐隊に向かってたずねる者たちもいた。

「黒卍教《くろまんじきょう》を知っているか」

角之進《かくのしん》は農夫たちにたずねた。

「いや、知らん」

「名は知らんが、悪さをする寺があるとは聞いた」

声が返ってきた。

「その寺が人をさろうとるんじゃ」

「おれの身内もさらわれた」

「それを奪い還しに行くとこじゃ」

平吉《へいきち》をはじめとする討伐隊の面々が告《つ》げた。

「槍を持っとるのもお坊さまじゃが」

「お代官さまの兵じゃねえんで？」

なかにはいぶかしげな顔つきをしている者もいた。

「飛騨郡代の足軽《あしがる》もいるが、討伐隊を率《ひき》いているのは諸国廻《しょこくまわ》り、飛川《とびかわ》角之進だ」

角之進はここで名乗りを挙げた。

「諸国廻り？」

「聞いたことねえで」

田畑を耕していた者は正直に言った。

「日の本じゅうを廻り、悪を退治するのがつとめだ」

角之進は分かりやすく説明した。

「そんな偉《えれ》えお方が飛騨へ来さっしゃったか」

「お代官とどっちが上で？」

素朴《そぼく》な問いが発せられた。

「そりゃあ、諸国廻りさまだ」

「飛騨の郡代なんぞ見下ろしで」

討伐隊から声が飛ぶ。

「なら、年貢を下げてくれってお代官さまに言ってくだせえ」

「夜逃げしたり、首くくったりしてるもんもいるでの」

「新しいお代官になってから急に厳しくなっての」

「そのうち水しか呑《の》めなくなるで」

農夫たちは口々に愚痴《ぐち》をこぼした。

それを聞いて、手付頭《てつけがしら》の永井武之進《ながいたけのしん》が苦笑《にがわら》いを浮かべた。

「次に会ったときに意見しておこう」

諸国廻りは言った。

「お願いしますでの」

「この国はもう終わりかとみなが言うてますで」

「ほんに、おそがいことじゃ」

農夫たちの愚痴はなおひとしきり続いた。

二

飛騨国府では、古川《ふるかわ》から来たという代官支所の別動隊が合流した。

率いているのは牛丸十兵衛《うしまるじゅうべえ》という男だった。

「郡代からの指示で加わりました。微力を尽くします」

十兵衛が言った。

「諸国悪党取締出役《しょこくあくとうとりしまりしゅつやく》、飛川角之進だ。よろしく頼む」

角之進は歯切れ良く言った。

「補佐役の春日野左近《かすがのさこん》だ。よしなに」

左近も名乗る。

「今晩は神岡《かみおか》まで行かねばなりませんので、古川には立ち寄れません。峠《とうげ》を越えていきます」

手付頭の永井武之進が言った。

「分かった。では参《まい》ろう」

角之進が答えた。

「進むぞ」

「峠越えだ」

討伐隊から声が発せられた。

永井武之進と牛丸十兵衛、飛騨郡代の二人の手下は何やら小声で相談していた。

かつては国府として栄えた場所だが、いまはこぢんまりとしており、しばらく歩くと人家がまばらになった。

「あそこを左に曲がります」

永井武之進が行く手を指さした。

「飛騨の匠《たくみ》たちが造った珍しい経蔵《きょうぞう》のある安国寺《あんこくじ》の近くを通りますので」

大乗和尚が言った。

「安国寺……」

角之進はその名を発してわずかに眉根を寄せた。

暗黒寺という名がだしぬけに浮かんだからだ。

これから向かう黒卍教の本山には、かつてはべつの名があった。しかし、廃寺となり、黒卍教が棲《す》みついて改修が施《ほどこ》されたあとは、その名も廃《すた》れてしまった。

ただ、「寺」とのみ称されているらしい。通称は、宗派の名を冠した黒卍寺だ。

その目指す寺が、救いのない暗黒に包まれているような気がしてならなかった。

「お参りをしている暇《いとま》はないな」

左近の言葉で我に返った。

「物見遊山《ものみゆさん》で来たのではないゆえ」

角之進は答えた。

「この先の峠は難所だ。先を急ごう」

左近が言った。

「おう」

角之進は短く答えた。

三

峠には表と裏の名があった。

表の名は大坂峠《おおさかとうげ》だ。

その名のとおり、かなり難儀《なんぎ》な坂だが、高山から神岡に向かうにはここがいちばんの近道になる。

裏の名は怖ろしい響きがある。飛騨の言葉を用いれば、おそがい名だ。

十三墓峠《じゅうさんぼとうげ》。

地元の民は、こぞってその裏の名で呼ぶ。

「名の由来は何だ」

坂道を登りながら、角之進は高山陣屋の手付頭に問うた。

「その昔、飛騨でいくさがありました」

永井武之進が答えた。

「飛騨の関ヶ原《せきがはら》の合戦と呼ばれたいくさでしてな」

すぐうしろを歩いていた大乗和尚が言った。

「飛騨の関ヶ原の合戦と」

角之進が振り向いて言った。

「さようです」

和尚が足を速めて追いつく。

「この地の豪族だった江馬輝盛《えまてるもり》という武将が、飛騨の平定を志し、この峠を越えて古川盆地へ攻め入ろうとしたのです」

大乗和尚はそう語った。

いくらか離れたところでは、永井武之進と別動隊を率いる牛丸十兵衛が厳しい表情で何事か相談をしていた。

「なるほど、それで飛騨の関ヶ原のごときいくさに」

角之進はうなずいた。

「はい。八日町《ようかまち》の戦いと呼ばれております」

和尚は答えた。

「それはいつごろのことで？」

左近がたずねた。

「織田信長《おだのぶなが》が本能寺《ほんのうじ》の変で殺《あや》められたあとくらいで」

大乗和尚が手にした槍を少しかざした。

「かなり前の話ですな」

左近が言った。

「で、十三墓ということは……」

角之進は行く手を見た。

いくらか霧が出てきた。峠のあたり一帯に、そこはかとなく瘴気《しょうき》が漂《ただよ》っているかのようだ。

「お察《さっ》しのとおり、武運つたなく、江馬輝盛は敗北を喫《きっ》したのです。手下たちとともにここまで落ちのびてきたものの、もはやこれまでと」

和尚は腹をかっさばくしぐさをした。

「自害して果てたのですね」

角之進は言った。

「さようです。手下の者たちも運命《さだめ》を供にしました。近在の衆がそのむくろを埋め、塚を建ててねんごろに葬《ほうむ》りました。そのむくろが十三あったところから、十三墓峠という名で呼ばれるようになったのです」

大乗和尚はそう言って両手を合わせた。

「おそがい話がたんとありまして」

うしろから追いついた手付頭が言った。

「と言うと?」

角之進が先をうながす。

「このあたりは、いまもそうですが、しょっちゅう霧が出ます」

永井武之進は手で示した。

「だんだん濃くなってきたな」

角之進が言った。

「ときには、行く手もよう見えんくらいになります。で、その霧の中から、合戦の声や悲鳴などが聞こえたりするそうなんです」

手付頭はそう告げた。

「十三墓の主《ぬし》の亡霊か」

諸国廻りは眉根を寄せた。

「ええ、恐らくは」

永井武之進は答えた。

「にわかには信じがたい話だな」

左近が苦笑いを浮かべた。

「いや、さらにおそがい言い伝えがありまして」

飛騨郡代の片腕とも言うべき男が言った。

「まだあるのか」

歩を進めながら、角之進が言った。

登りはだんだん厳しくなってきた。霧もいよいよ濃い。

「はい。霧が出るのは十三墓峠だけではないのです」

永井武之進は言った。

「ほかの峠にも出るということか」

ややいぶかしげに角之進は問うた。

「いえ、そうではなく」

いったんさえぎってから、手付頭は続けた。

「霧が出るのは、峠を越えていく者の頭の中なのです」

重々しい口調で、永井武之進は言った。

「頭の中に霧が出る？」

諸国廻りはけげんそうな顔つきになった。

「わけがわからなくなってしまうということか」

左近が問うた。

「そのとおりです。ひとたび頭の中に霧が出ると、乱心のあまり同行者を斬《き》り殺したりしてしまうこともあると言われています」

手付頭はそう伝えた。

「そんな話は初耳じゃが」

大乗和尚が首をかしげた。

「ごく一部でささやかれていることですから」

永井武之進は笑みを浮かべた。

どこか引き攣《つ》ったような笑いだった。

「それに、この峠は関所のようなものなので、高潔上人も狙いをつけているかもしれません」

手付頭はさらに言った。

「刺客を放つ恐れもあるわけだな」

厳しい表情で角之進は答えた。

「そのとおりです。鉄砲などの備えがあるかもしれません」

永井武之進が言った。

牛丸十兵衛が率いる別動隊はどこへ行ったのか、霧にまぎれて姿が見えない。

「一宗派が鉄砲の備えか。ずいぶんと財源があるのだな」

諸国廻りは言った。

「飛騨からは金銀銅などが産出されます。そのあたりをかすめ取り、財力を蓄《たくわ》えているというもっぱらのうわさです。鉄砲の備えくらいはお手の物でしょう」

飛騨郡代の片腕が言った。

「なるほど。気を引き締めることにしよう」

半《なか》ばはおのれに言い聞かせるように、角之進は言った。

四

十三墓峠の怪異は、討伐隊のなかでも声をひそめて語られていた。

「このあたりはおそがいとこじゃ」

「討ち死にしたもんが化けて出るらしい」

難儀な坂道を歩きながら、ほうぼうで声が響いた。

「さっき小耳にはさんだけど、頭の中に霧が出て乱心することもあるらしいで」

「出んといてくれや」

なかには怖そうにあたりを見回す者もいた。

いくらか進むと、道が平らになってきた。

まもなく登りは終わる。

「もう少しだ」

角之進は討伐隊を励ました。

「へい」

「あとひと踏ん張り」

声が返ってきた。

「行く手が見えてきたで」

平吉《へいきち》が前方を指さした。

「霧は出とるが、ええながめじゃ」

せがれの平太《へいた》が答える。

「黒卍教《くろまんじきょう》の寺はどのあたりかのう」

と、平吉。

「ここから見えるんか？」

平太が問うた。

「見えんでも、おおよその見当はつくじゃろう」

平吉は足を速めた。

「敵の兵が潜《ひそ》んでいるやもしれぬ。気を引き締めていけ」

大乗和尚が配下の僧たちに言った。

「はい」

「承知で」

槍を手にした僧たちが答えた。

杖《つえ》ならともかく、槍を持って峠を登るのは難儀だ。

しかし、いざ敵と遭遇したときは役に立つ。

その機会は、遠からずやってきた。

霧を切り裂くように、だしぬけに音が響いたのだ。

それは、銃声だった。

五

「角之進！」

左近が叫んだ。

峠を登り終え、下りに差しかかったところで、やにわに銃声が響いた。岩場の陰に潜んでいた賊が襲撃してきたのだ。

「おう、迎え撃て」

諸国廻りは声を発した。

「若さま！」

草吉《くさきち》が急を告げた。

いくらか離れた松の木の枝から、狙撃手が狙いをつけていた。火を噴《ふ》く。

角之進はとっさに身を伏せた。

弾は諸国廻りの小鬢《こびん》をかすめていった。間一髪《かんいっぱつ》だ。

「敵だ」

「うわ、鉄砲や」

「撃たれるぞ」

討伐隊はにわかに浮き足立った。

「ひるむな」

大乗和尚が一喝した。

槍を手にした僧兵たちが右往左往しはじめたからだ。

「銃は続けざまには撃てぬ。ひるむな」

角之進も声を発した。

霧はいよいよ濃くなってきた。どこから敵が襲ってくるか分からない。

また銃声が響いた。

「うわ、飛んできた」

「たすけてくれ」

討伐隊の足並みは乱れた。

「何をしておる」

諸国廻りは一喝した。

高山陣屋の足軽たちは、ただ手をこまねいて見ているだけだった。

手付頭の永井武之進が角之進のほうを見た。

探るようなまなざしだ。

銃の次は矢が飛んできた。

「ぬんっ」

放たれた矢を、角之進は剣でさっと払いのけた。

これまで数々の修羅場をくぐり抜けてきた男だ。

気を集めれば、これくらいはたやすい。

「姿を現せ」

岩陰の敵に向かって言う。

「黒卍教の者か」

左近も問うた。

返答はなかった。

代わりに、また矢が飛んできた。

「ぐわっ」

悲鳴が響いた。

僧兵の一人の胸に、賊の矢が突き刺さっていた。

松の木に陣取った賊が再び銃を構えた。

だが……。

銃が火を噴くことはなかった。

草吉の手が一閃《いっせん》した。

「ぎゃっ」

眉間に手裏剣を受けた賊は、銃を抱《かか》えたまま松の木から転落して絶命した。

「踏みこめ」

角之進は討伐軍を叱咤《しった》した。

自ら剣をかざし、岩陰から姿を現した賊に立ち向かう。

敵は黒装束《くろしょうぞく》に身を包んでいた。恐らくどこかに卍の縫い取りがあるのだろう。

「てやっ」

角之進は踏みこみ、敵の一人を袈裟懸《けさが》けに斬《き》った。

ばっと血が舞い、たちどころに斃れる。

そのさまを見た高山陣屋の手付頭が大声を発した。

「乱心するな。立ち向かえ」

永井武之進は足軽たちに命じた。

「はっ」

「敵はあそこだ」

手付頭は黒装束の者たちを指さした。

「敵は黒卍教だ。乱心するな」

永井武之進は重ねて言った。

「乱心せず、立ち向かえ」

別動隊を率いる牛丸十兵衛も声を発した。

剣をふるい、敵を切り伏せながら、角之進は頭を巡らせた。

ほどなく、ひとすじの条理の糸がつながった。

「えいっ」

大上段から必殺の剣を振り下ろす。

手ごたえがあった。

首筋を深々と斬り裂かれた敵は、悲鳴もあげずに絶命した。

六

般若心経《はんにゃしんぎょう》……

菩提薩婆訶《ぼーじーそわかー》

余韻《よいん》を残した読経《どきょう》が終わった。

十三墓峠の襲撃で落命した僧兵のなきがらを埋め、その死を悼《いた》んだ。

討伐軍の犠牲者は、幸か不幸かその一人にとどまった。傷を負った者はいたが、さほどの深手ではなかった。

「迷わず成仏《じょうぶつ》せよ」

角之進も両手を合わせた。

「敵《かたき》は討ってやるからな」

左近も和す。

「ぜひともお願いいたします」

光のあるまなざしで、大乗和尚が言った。

「では、まいりましょうか」

手付頭が先をうながした。

「その前に、訊きたいことがある」

角之進は厳しい表情で言った。

「何でしょう」

永井武之進が問う。

「乱心するな、と声を発していたが、あれは何かの合図か」

本丸へ攻めこむ気合で、角之進は問うた。

「はて……何のことでございましょうか」

手付頭は大仰《おおぎょう》に首をひねった。

だが、角之進は見逃さなかった。

飛騨郡代の側近の顔には、明らかに動揺の色が浮かんでいた。

「頭の中に霧が出る峠ゆえ、気をたしかに持って敵に立ち向かえという言葉をかけましたが」

別動隊を率いる牛丸十兵衛が言った。

「それはつくり話ではないのか」

角之進はすかさず言った。

「これは……異なことを、ははは」

十兵衛は笑ってごまかした。

「たしかに、初めて聞く話でしたが」

大乗和尚が言った。

「賊に利ありと見れば、乱心したことにしてわれらを襲うつもりだったのではないか。そのために、まことしやかなつくり話を仕立てておいたのではないか」

諸国廻りはさらに問い詰めた。

「さあ、何のことでしょう」

永井武之進は取り合わなかった。

「それは濡《ぬ》れ衣《ぎぬ》でございますよ」

牛丸十兵衛が色をなした。

峠を下《くだ》るにつれて、霧はだんだんに晴れてきた。

神岡は近い。

「まあ良かろう」

諸国廻りは矛を収めた。

敵は黒卍教だけではないかもしれない。

薄氷《はくひょう》の道を歩んでいるかのようだが、この道を往くしかなかった。

「晴れてきたな」

左近が言った。

「おう」

角之進は行く手の空を見た。

霧が晴れた空の青がことに目にしみた。

第七章　出陣

一

飛騨《ひだ》の北部、かつて非業《ひごう》の死を遂《と》げた江馬輝盛《えまてるもり》が支配していた高原郷《たかはらごう》の一角に神岡《かみおか》がある。

古くは奈良時代から、この地の山からは金が産出された。爾来《じらい》、飛騨を支配する者に多くの富をもたらしてきた。

どこを掘れば金や銀を得ることができるか、諸国から山師が招かれて採掘《さいくつ》が試みられた。その結果、新たな銀山が発見され、飛騨はさらにうるおった。

その富に目をつけた幕府は飛騨を直轄領《ちょっかつりょう》として郡代《ぐんだい》を置いた。歴代の郡代にはその功績をたたえられる者もいたが、いまの郡代は違った。国松四郎史枝《くにまつしろうふみしげ》は知恵を巡《めぐ》らし、富をかすめ取るばかりか、おぞましい試《こころ》みを企《くわだ》てていた。

黒卍教《くろまんじきょう》の寺は天蓋山《てんがいさん》の中腹《ちゅうふく》にある。その本丸とも言うべき場所を目指すのにちょうどいいところに、大乗和尚《だいじょうおしょう》の知り合いの寺があった。討伐隊《とうばつたい》はひとまずそこに陣を敷《し》くことになった。

心敬《しんぎょう》という名の住職は快く寺を提供するばかりか、近在に触れを出し、討伐隊に加わる者を募《つの》ってくれた。

その甲斐《かい》あって、兵の数はにわかに増えた。

「身内をさらわれたんじゃ。一人でも討ち入ろうと思ってた」

「討伐隊は涙が出るほどうれしいのう」

「力を出さねば」

新たに加わった者たちは、みな気の入った表情をしていた。

角之進《かくのしん》は左近《さこん》と草吉《くさきち》と密談をした。

「いよいよ討ち入りだ。その前に……」

角之進は草吉を見た。

「忍び仕事でございますね」

草吉は声を落とした。

「そうだ。寺に忍びこみ、動かぬ証《あかし》をつかんでくれ」

角之進はそう告《つ》げた。

「承知しました」

草吉は答えた。

「こちらへ戻るのか」

左近が角之進に訊《き》いた。

「それは難儀《なんぎ》だろう」

角之進はそう答えてから草吉を見た。

「われらが到着するまで、寺のどこかに身を潜《ひそ》めていてくれ」

角之進は告げた。

「そうします。では、夜陰《やいん》に乗じてさっそく」

草吉は腰を浮かせた。

朝早くに高山《たかやま》を出たが、もう外は暗い。

本堂の一角を行灯《あんどん》の灯《あか》りが照らしている。早くも眠っている者もおり、いびきの音が響いていた。

「頼むぞ、草吉」

角之進のまなざしに力がこもった。

「ここが正念場だ。引き締めていけ」

左近も言った。

「はっ」

草吉は短く答えると、すべるように本堂から出ていった。

二

「当寺に伝わる絵図でございます」

住職の心敬和尚が古びた絵図を示した。

天候にもよるが、明日はいよいよ黒卍教の寺へ討ち入り、高潔上人《こうけつしょうにん》と対決してさらわれた者たちの解放を試みる。そのための打ち合わせだ。

「ずいぶん昔の絵図のようだが、道筋は同じでしょうか」

角之進はたずねた。

「同じです」

住職はすぐさま答えた。

「道の普請《ふしん》を行うようなところではございませんので」

古川《ふるかわ》から来た牛丸《うしまる》十兵衛《じゅうべえ》が言った。

「かなり昔から同じ道筋のはずです」

住職が絵図を指さした。

「廃寺を改造して、黒卍教の本山にしたということですが」

角之進が言った。

「ひっきりなしに荷車が通りましてな。拙僧《せっそう》は行ったことがないですが、山中の宮殿のごとき建物に生まれ変わったのだとか」

心敬和尚はややあいまいな顔つきで告げた。

「高潔上人は妖術を使うとまことしやかに伝えられています」

今度は大乗和尚が言った。

「妖術を？」

左近が眉をひそめた。

「嘘《うそ》か真《まこと》か分かりかねますが」

と、大乗和尚。

「嘘ではないかもしれませんぞ」

永井武之進《ながいたけのしん》がわずかに笑った。

「いかなる妖術を使うのだ」

角之進が問うた。

「さあ、それは」

手付頭《てつけがしら》は首をかしげた。

「郡代どのは知っているかもしれぬな」

探りを入れるように、角之進は言った。

「はて、何のことでございましょう」

永井武之進がいなす。

「妖術など見たことも聞いたこともないので」

別動隊のかしらが言った。

「われらはこれまでも怪しきもの、常ならぬものと戦ってきたゆえ」

諸国廻りが告げた。

「常ならぬものですか」

心敬和尚が少し身を乗り出した。

「お役目とはいえ、大変でございますね」

大乗和尚も言う。

「ただし、このたびは敵の数が多そうです。お力添えがなければ厳しい戦いになりましょう」

角之進は僧兵を率いる者に言った。

「承知しました。せっかく槍を携えてきたのですから」

大乗和尚は槍を突くしぐさをした。

「及ばずながら、次はわがほうも力を出しますぞ」

牛丸十兵衛が言った。

十三《じゅうさん》墓峠《ほとうげ》で裏切ったかもしれない男だ。まったく信を置けない。

角之進は苦笑いを浮かべただけだった。

三

夜から雨が降りだした。

床に就《つ》いて目を閉じると、雨脚はさらに強まっていった。

寺の甍《いらか》を激しくたたく。

まるで四方八方から銃撃を受けているかのようだ。
その音を聞いているうちに、角之進はいつしか眠りに落ちた。
そして、夢を見た。

峨々《がが》たる山の中腹《ちゅうふく》に寺がある。
山門に大きな卍が据えつけられているから、そこが黒卍教の本山だと分かる。
長い石段を、一歩ずつ足元をたしかめながら角之進は上った。
途中で止まり、後方を見た。
だが……。
すべて霧にかすんでいて、町も田畑も見えなかった。
十三墓峠からここまで、霧が流れてきた。
夢の中で、角之進はそう思った。
ここは忌《い》まれた地だ。どんなおぞましい出来事が起きても不思議ではない。
角之進は再び石段を上りだした。
山門の卍が少しずつ大きくなる。
寺の建物も見えてきた。

しかし、いささかいぶかしいことに、それは高山の陣屋とまったく同じに見えた。

なぜ高山陣屋がここにあるのか。寸分《すんぶん》も違《たが》わないたたずまいで行く手に建っているのか。

角之進は夢の石段を上りながら思案した。

そうか、と思った。

草吉から知らせを受けていた。

高山の陣屋から北のほうへ、早駕籠《はやかご》が折にふれて出る。

あれは建物をいくつかに分けて運んでいたのだ。大きな建物でも、いくたびかに分ければ運ぶことができる。

早駕籠に乗せて運んだからこそ、高山の陣屋は平然とそこに建っているのだ。

角之進はそう腑《ふ》に落とした。

やがて、山門に着いた。

槍を構えた門番が二人いた。

「諸国悪党取締出役《しょこくあくとうとりしまりしゅつやく》、飛川《とびかわ》角之進である。高潔上人に面会に参った」

角之進は用向きを告げた。

「諸国廻りか」

門番の一人が口を開いた。

見覚えがある。

こやつは、手付頭の永井武之進だ。

「いかにも。黒卍教にとかくの噂《うわさ》があるゆえ、検分しに参った。通せ」

角之進は有無を言わせぬ口調で言った。

「供の者はおらぬのか」

もう一人の門番が小馬鹿にするように問うた。

こちらは別動隊のかしら、牛丸十兵衛だった。

「おらぬ」

角之進は答えた。

「いい度胸だ」

「身の程知らずめ」

二人の門番が鼻で嗤《わら》った。

「とにもかくにも、高潔上人に問いたいことがある。通せ」

角之進は重ねて言った。

「良かろう」

「後悔するな」

門番たちが言った。

ほどなく、嫌な軋《きし》み音《ね》を立てて門が開いた。

角之進は思わず目を瞠《みは》った。

正面の白州《しらす》にずらりと並んでいるものがあった。

それは、首だった。

老若男女《ろうにゃくなんにょ》を問わぬ民の首が平然と並んでいる。つくり物ではない。切断された人の首だ。


ふふふ……

ふふふふふふ……


嫌な笑い声が響いた。

角之進は瞬《まばた》きをした。

白州の向こうから、悠然《ゆうぜん》と近づいてくる人影があった。

高潔上人ではなかった。

笑いながら歩み寄ってきたのは、飛驒郡代の国松四郎史枝だった。

「これは何だ」

あまたの首を手で示して、角之進は問うた。

「見たとおり。飛驒の民の首だ」

国松郡代は傲然《ごうぜん》と答えた。

「なぜこんな残酷なことをする」

夢の中で、角之進は問い詰めた。

「残酷だと？　わが領民をどうしようが、郡代たるおれの勝手だ」

血も涙もない言葉が返ってきた。

「郡代の勝手だと？」

角之進は色をなした。

「そうだ。飛驒の王はおれだ。領民をいかにしようが、おれの勝手だ」

郡代は胸を手でたたいた。

「許しがたし」

角之進は抜刀《ばっとう》した。

「諸国廻りが成敗《せいばい》いたす」

角之進は悪《あ》しき郡代を成敗しようとした。
だが……。
手にしたものを見て愕然《がくぜん》とした。
それは剣ではなかった。
弱々しい薄《すすき》の穂だった。
「そんなもので成敗ができるか。片腹痛い」
飛驒郡代が嗤った。
腰を探ったが、刀を差してはいなかった。
丸腰だ。
郡代の後ろから、わらわらと鉄砲隊が現れた。
いっせいに構える。
「撃て」
国松郡代が手を振り下ろした。
銃声が放たれた。
やられた……。
そう思った刹那《せつな》、銃声は激しい雨音に変わった。

悪夢はようやく終わろうとしていた。

四

雨はいっこうに降り止まなかった。

寺の甍を激しくたたく。

おまけに風もあった。樹木が根こそぎ揺れるような風だ。

「今日は無理そうだな」

左近が言った。

「下から登るのはただでさえ難儀だからな」

渋い表情で角之進は答えた。

「槍を持って石段を上らねばなりませんので、雨風はいささか大儀で」

大乗和尚が言った。

相談をしているところへ、飛驒郡代の手付頭と別動隊のかしらがやってきた。

「この天候で出るのは剣呑《けんのん》でしょう」

永井武之進が言った。

「いくさにはいかにも不向きですな」

牛丸十兵衛も和す。

「嵐に乗じて攻めこむという兵法もあるが、奇襲をかけるわけではないからな」

諸国廻りは言った。

「堂々と正面から高潔上人に面会を求め、さらわれた者たちの解放を迫《せま》るわけだ」

左近が言葉を添える。

「ならば、もうひと晩、ここにお泊まりくださいい」

心敬和尚が本堂を手で示した。

「そうさせていただきましょう」

角之進は頭を下げた。

「お付きの人はどうしました」

永井武之進が問うた。

草吉のことだ。

「あの者は神出鬼没《しんしゅつきぼつ》でな」

角之進はさらりと受け流した。

「ほほう」

飛騨郡代の片腕は、別動隊のかしらのほうを見た。

「先に黒卍寺の下調べですか」

牛丸十兵衛が察しをつけて言った。

「ここへは戻ってこぬ」

角之進はそう答えた。

「いずれにしても、嵐が収まってからだな」

左近が言った。

「おう」

角之進は短く答えた。

五

夕方になると、嵐はだいぶ収まり、雨も小降りになってきた。

この分なら、明日は出陣できそうだ。

蕎麦《そば》と五平餅《ごへいもち》。

心づくしの寺の膳を食しながら、討伐隊の面々は互いに話をした。

「みな重い荷を背負っているようなもんじゃ」

平吉《へいきち》が言った。

「さらわれた者が戻らんかぎり、その荷は軽うならんで」

せがれの平太《へいた》がそう言って、五平餅を嚙《か》んだ。

「何を食っても砂みたいで」

いいなずけをさらわれた源三郎《げんざぶろう》が嘆《なげ》く。

「わしもそうじゃ」

平吉が言う。

「なまじ食いものがうまいと、おさよに悪うてな」

平太が和した。

「黒卍教を殲滅《せんめつ》すれば、元通りの暮らしが戻る。力を出してくれ」

角之進が言った。

「へい」

「ここが人生でいちばんの峠で」

「ありったけの力を出しまさ」

討伐隊のほうぼうから頼もしい声が返ってきた。

大乗和尚が率いる僧兵たちは黙々と箸《はし》を動かしていた。

うまい蕎麦を胃の腑《ふ》に入れても、とくに言葉は発せられなかった。

少し離れたところに、ぽつんと一つ、小ぶりの膳が据えられていた。

陰膳《かげぜん》だ。

十三墓峠で矢を射《い》られ、一人だけ落命してしまった僧兵のものだろう。

敵《かたき》は討ってやる。

だれも口にはしないが、場にはそういう気が漂っていた。

「腹ごしらえも終わったし、今日は早めに寝るか」

角之進が言った。

「明日から決戦になるかもしれぬからな」

左近が腰を上げた。

「気を入れていこう」

諸国廻りは両手を小気味よく打ち合わせた。

六

久々にぐっすり眠れた。

夢も見なかった。

角之進の目覚めの気分は悪くなかった。狼《おおかみ》に嚙《か》まれて高熱を発したあととは雲泥《うんでい》の差だった。総身に気がみなぎっていた。

雨は上がっていた。

晴れ間も覗《のぞ》いている。

この分なら、出陣に支障はないだろう。

寺の庭に下りると、ほどなく左近が姿を現した。

「おう、晴れたな」

相棒が白い歯を見せた。

「これならいけそうだ」

角之進は答えた。

「道はぬかるんでいそうだが、慎重に進めば大過あるまい」

諸国廻りの補佐役が言った。

討伐隊の動きはにわかにあわただしくなった。

「出陣するぞ」

角之進が張りのある声で言った。

「おう」

「討伐じゃ」

「囚われの者を救い出すんじゃ」

気の入った声が返ってきた。

「いよいよ出陣ですな」

槍を手にした大乗和尚が言った。

「弔《とむら》い合戦で」

「敵を討ってやらねば」

僧兵たちが続く。

高山陣屋の足軽たちと、牛丸十兵衛が率いる別動隊の支度も整った。

ただし、こちらはさほど気が入っている様子には見えなかった。

「握り飯をつくりましたでな」

心敬和尚が盆を差し出した。

弟子の僧たちとともに早起きしてつくってくれたらしい。

「これはこれは、何から何まで」

角之進は礼を言った。

「われらはいくさに出られませんので」

心敬和尚が言った。

「代わりにつとめてまいります」

大乗和尚が笑みを浮かべた。

「無事をお祈りしております」

寺を貸した僧はていねいに両手を合わせた。

心づくしのおにぎりを、討伐隊の面々は一つずつ食した。

「具はそれぞれに異なっております」

心敬和尚が言った。

「わしは沢庵じゃった」

平吉が言った。

「こっちは梅干しで」

平太が言う。

「おれは昆布の佃煮だ。当たりかもしれぬ」

角之進は笑みを浮かべた。

出陣の前に食すおにぎりはなかなかに味わい深かった。茶も心にしみた。

かなりの数があったおにぎりはきれいになくなった。

いよいよ出陣だ。

討伐

奪還

二つの旗指物《はたさしもの》が揺れる。

「では、世話になった。また帰りに」

諸国廻りは言った。

「どうかご無事で。お待ちしております」

心敬和尚と弟子の僧たちが深々と一礼した。

討伐隊は麓《ふもと》の寺を出て動きだした。

目指すは天蓋山の中腹、黒卍教の本山だ。

第八章　紅白の秘密

一

討伐隊《とうばつたい》が出発したころ、草吉《くさきち》は黒卍 教《くろまんじきょう》の本山の一角に身を潜《ひそ》めていた。

忍びの技をもってすれば、ひそかに潜入することはたやすい。天蓋山《てんがいさん》を中 腹《ちゅうふく》まで登り、夜間に黒卍寺に忍びこんだ草吉は、その目でさまざまなものを見た。

だが……。

これまであまたの修羅場をくぐってきた草吉にとってみても、そこで見聞きしたものは想像の埒外《らちがい》にあった。あまりのおぞましさに、胃の腑《ふ》の中のものをすべて戻しそうになったほどだ。

草吉が夜に忍びこんだ場所では、陶器がつくられていた。

江戸の飛騨屋《ひだや》でも売られていた白い陶器だ。

そのつくり方が分かった。土に何をまぜているか、草吉はつぶさに知った。

「細かく砕《くだ》け」

陶器づくりのかしらとおぼしい男が手下に指示した。

「へい」

「承知で」

大きな石臼《いしうす》が回りだした。

ぼきぼきと何かが砕《くだ》かれる鈍《にぶ》い音が響く。

「なるたけ細《こま》かくしろ」

かしらが命じた。

「へい」

銅製だろうか、金剛杖《こんごうづえ》のごときものを手にした屈強《くっきょう》な男たちが腕を動かす。

何を砕いているのか、壁際に並べられているものを見れば分かった。

陶器にまぜられる素材はよく洗われていたが、忌《い》まわしさまでは洗い落とされてはいなかった。

それが何であるか、察しがついたとき、さしもの草吉も嘔気《おうき》を催《もよお》した。

黒卍教の本山でつくられている白い陶器――。

その土にまぜられていたのは、まぎれもない人の骨だった。

二

人骨をまぜれば、陶器にえも言われぬ白さが増す。

古来、ひそかに語り継がれてきたことだった。

西洋には牛の骨灰《こつばい》をまぜるボーンチャイナがあるが、むろんまだ日の本には伝わってはいない。飛驒屋で売られていた特産の白い陶器は、高潔上人《こうけつしょうにん》の指導のもとにつくられていた。

使用される人骨は墓を暴《あば》いて盗んだものではなかった。用《もち》いられる骨はまだ真新しかった。

その骨を洗って窯《かま》で焼く。

おおむね焼けたところで、金剛杖を用いて細かく砕く。

それを陶器の土にまぜる。

あとは通常のつくり方と同じだ。轆轤《ろくろ》で形を整え、まとめて大きな窯で焼きあげる。

こうしてできあがった陶器は底光りのするような白さが持ち味だ。人骨がまぜられているからこその白さだった。

草吉はさらに調べを続けた。

この人骨はどのように調達されているのか。黒卍教のべつのところを探索すれば、さらに秘密が分かるかもしれない。

そう読んだ草吉は、陶器をつくる場所からそっと離れて探索を続けた。

天蓋山の中腹に、黒卍教の本山の寺がある。

夜陰《やいん》に乗じて忍びこんだから分からなかったが、改めて見ると異様なところがいくつも見つかった。

黒々とした卍が据《す》えつけられているのは山門だけではなかった。寺のいたるところに卍が見えた。

雨脚が強まり、嵐の様相《ようそう》を呈してきた。身をかがめて素早く動きながら、草吉はさらに黒卍教の本山を探索した。

卍は見てゐるぞ

そんな言葉が大きな板に記されていた。

そこにも周囲を睥睨《へいげい》するかのような卍が据えつけられている。

頭の中で卍を回せ

意味不明な言葉も大書《たいしょ》されていた。

信者の目にいやでも触れるようなところだ。

卍はすべてに勝つ

そうも記されていた。

毎日こういった言葉を目にしているうち、頭の中で風車のように卍が回りはじめ、黒卍教の教えや行いに何の疑いも抱《いだ》かないようになっていってしまうのだろう。

草吉はそう考えた。

卍の化身、高潔上人

そんな言葉も見えた。
高潔上人を崇《あが》める板は黒卍寺の随所に据えられていた。

お上人さまがこの世を救ふ　卍

その板の下を通るとき、激しい雨が降っているのに信者は立ち止まり、深々と頭《こうべ》をたれていた。

あらゆるものの源《みなもと》に　卍

そう大書された板の前で、妙な動きをする信者がいた。
どうやら身をもって「卍」をかたどっているようだ。

卍が回るとき　この世が回る

その言葉の前では、二人の信者が身をくねらせながら踊っていた。

信者たちの頭の中では卍が勢いよく回っているようだ。

卍を讃《たた》へよ　お上人さまを讃へよ

卍　卍　卍

そんな卍だらけの寺の一角から、だしぬけに怪しい声が聞こえてきた。

滝のごとき雨が降っていたが、その声はたしかに草吉の耳に届いた。

それは、箍《たが》が外《はず》れたかのような笑い声だった。

三

床に染料が広がっていた。

染め物をしていた女がつまずいて転び、盛大にぶちまけてしまったのだ。

黒卍教の本山でつくられているのは陶器だけではない。多数の染め物も生産されている。飛騨屋などで売られていた紅《あか》い染め物だ。

染め物づくりに従事させられているのは、高山をはじめとする飛騨の各地からさらわれてきた女たちだった。若い娘の姿も目立つ。

力仕事もあるから、若者もいる。厳しい監視のもと、囚《とら》われの身の者たちはいやおうなく染め物づくりに従事させられていた。

女たちの表情は険しかった。日々、薄氷《はくひょう》を踏んでいるようなものだった。

ひとたびしくじりをやらかせば命はない。

監視する者からはそう言い渡されていた。

それは脅《おど》しではなかった。

その証を、ひそかに忍びこんだ草吉はたしかに目撃することになった。


「あひゃひゃ、あひゃひゃひゃひゃひゃ……」

床に広がった紅い染料を指さして、女が笑っていた。

「壊れたな」

監視していたいくたりかの男のうち、かしらとおぼしい者が言った。

頭巾《ずきん》こそないが、みな黒装束《くろしょうぞく》だ。背に卍の縫《ぬ》い取りがある。

「染め物に使いますか」

手下がかしらに問うた。

「ちょうど材料が乏《とぼ》しくなってきたところだからな」

かしらはにやりと笑った。

「なら、絞りましょう」

手下が水を向けた。

「おう、いつもの絞りだ」

かしらは答えた。

染め物の場は屋内だ。外からは見られないようになっている。ほうぼうから啜《すす》り泣く声が聞こえてくる。さらわれてここへ連れて来られ、染め物づくりに従事させられている女たちだ。

これから何が起きるのか、きっと分かっているのだろう。

草吉はそう察しをつけた。

「あひゃひゃ、あひゃひゃひゃひゃ……」

女は笑いつづけている。

「来い」

二人の男が強引に腕を取った。

大きな樽《たる》のほうへ引きずっていく。

「よし、斬れ」

かしらが命じた。

「はっ」

手下の一人が刀を抜いた。

大ぶりの剣だ。

「一刀でなくともよい。ただし、無駄にするな」

かしらが言った。

手下たちは慣れた様子で動いた。

壊れてしまった女を後ろ手に縛って座らせる。

その前に、盥《たらい》が置かれた。

「やれっ」

かしらが右手を振り下ろした。

「えいっ」

気合いをこめて、手下が剣を振り下ろした。

ぎゃっ、と悲鳴があがる。

手下は続けざまに剣を振るった。
ただし、手元が狂って、なかなか首を斬り落とすことができなかった。
「何をしている。早くしろ」
かしらが切迫《せっぱく》した声をあげた。
「おれがやる」
屈強な男が牛刀を下げて前へ進み出た。
瀕死《ひんし》の女の首を狙う。
二度、三度と打ち下ろすと、首はぼとりと盥に落ちた。
見るも無残な光景だった。
鬼畜《きちく》の所業《しょぎょう》だ。
もう笑い声は響かなかった。
染め物の場でしくじりをやらかしてしまった女は、こうして非業《ひごう》の死を遂《と》げた。

四

した、した、した……

音が間断《かんだん》なくしたたっている。

水音ではない。

大きな樽にしたたり落ちているのは、血だった。

女が逆さ吊りになっている。

首はない。

その胴体が天井から逆さ吊りにされ、斬られた断面から樽の中へと血がしたたり落ちているのだ。

飛騨で新たに生み出された紅い染め物には秘密があった。その染料には人の血がまぜられていたのだ。

さしもの草吉も胸が悪くなった。

これは人の所業ではない。

いつも冷静な忍びの者も、さすがに怒りを募らせていた。

時を待つしかなかった。

嵐はそのうち収まる。

そうすれば、麓から討伐隊がやってくる。

一刻も早く角之進に黒卍教の秘密を告げたかったが、ここは息をひそめて耐えるしかなかった。

いや、本当に耐えているのは、染め物づくりに従事させられている女たちだった。

涙をこらえ、手を動かす。

その染料には、ついさきほどまで一緒に手を動かしていた仲間の血がまぜられているのだ。

「しくじったら、同じさだめだぞ」

女たちの仕事ぶりを監督しながら、かしらが言った。

「染め物の材料になりたくなかったら、気を入れて働け」

かしらは薄ら笑いを浮かべて言った。

しかし……。

その表情はほどなくこわばった。

「お上人さま」

手下の声が響いたからだ。

染め物づくりの場に、高貴めかした紫の衣をまとった者が姿を現した。

高潔上人だ。

紫の頭巾で面体《めんてい》を隠している。

その額のところでは、黒い卍がつややかに光っていた。

「また一人、乱心しましたゆえ、血を採っているところです」

かしらは逆さ吊《づ》りのむくろを指さした。

「うむ。しっかり採れ」

高潔上人は満足げに言った。

「はっ」

かしらは深々と頭を下げた。

「おれが考案した陶器と染め物は、飛騨を代表する特産品として財をもたらしつつある。誇りに思い、励め」

黒卍教を率いる者は勝手なことを口走った。

答えはなかった。

囚われの者たちは黙々と手を動かしているばかりだった。

「ならば、あとを頼む」

かしらにそう言い残すと、高潔上人は悠然《ゆうぜん》と染め物づくりの場から出ていった。

五

とにもかくにも、討伐隊の到着を待つしかない。

ひとわたり探索を終えた草吉は、だれにも見つからないところに身を隠して時を待った。

その晩――。

黒卍寺の一角で、声をひそめて話をする者たちがいた。

紅い染め物をつくらされている娘たちだ。

「今日も悲しいことがあったね」

おみかが言った。

「ええ」

おさよが小声で答えた。

「明日はわたしがああなってしまうかも」

おみかが嘆息まじりに言った。

「気をたしかに持って、助けを待ちましょう」

おさよが気丈《きじょう》に言った。

「そうね。それしかないわね」

雨音を聞きながら、おみかは答えた。

いいなずけの源三郎《げんざぶろう》の顔が浮かんだ。

あの人は、きっと助けに来てくれる。

その思いだけがおみかを支えていた。

「おやすみなさい」

いくらか年下のおさよが言った。

父の平吉《へいきち》、兄の平太《へいた》、それに母と引き離されて、ここで意に添わぬつとめをやらされている。おのれのさだめが呪わしかったが、救いの手がどこからか伸ばされてくるのを待つしかなかった。

「おやすみなさい」

おみかは答えた。

起きているあいだは、乏《とぼ》しい食事を与えられるだけで、あとはずっと働かされている。

目を閉じると、おみかはすぐさま眠りに落ちた。

そして、夢を見た。
夢の中で、おみかはいいなずけの源三郎とともにいた。
高山の町をともに歩き、五平餅《ごへいもち》を食しながらさまざまな話をした。
おみかは久々に笑った。
おのれが発した声で目が覚めた。
せっかく楽しかった夢の潮が引いた。
おみかは続けざまに瞬きをし、源三郎の面影を探した。
だが、どこにも見当たらなかった。
絶望の波が、囚われの者をまた襲った。

六

雨が上がった。
草吉は慎重にねぐらを出た。
見とがめられぬように、黒卍教の寺を抜け出す。
敵の目を逃《のが》れるとともに、討伐隊が近づいたら分かる木に登り、草吉は時を待った。

昨日とはうって変わって日ざしが強かった。随所に掲《かか》げられた黒い卍を、陽光は嫌な色合いで浮かびあがらせた。

卍はすべてを見てゐる

そう記された板も見える。

高潔上人は策士だ。

くどいくらいに邪《よこしま》な教えを刷りこみ、信者たちをおのれの意のままに操っている。まっとうな判断ができなくなってしまった者たちは、唯々諾々《いいだくだく》と教祖に従い、おぞましい所業に手を染めていく。

そんな恐ろしい出来事が、黒卍教の本山ではいとも平然と行われていた。

忍びの者はひたすら待った。

草吉にとってみれば、息をひそめて待つのは慣れたつとめだが、それでもこのたびは待ち遠しかった。

「来た……」

草吉は見た。

麓のほうから、一群の者が黒卍教の本山に近づいてきた。

いくたりかは槍を持っている。白い旗指物《はたさしもの》も見えた。

討伐隊だ。

草吉は木から下りた。

だれにも見とがめられることはなかった。

背を丸め、中腰になって走る。

やがて、行く手になつかしい顔が見えた。

「若さま」

草吉は先を急いだ。

七

「そのような所業が……」

草吉からくわしい報《しら》せを受けた角之進《かくのしん》は思わず絶句した。

黒卍教の本山に通じる石段を上る手前のところだ。ここにはまだ黒卍教の門番のたぐいはいない。

「あの焼き物と染め物には何かいわくがあると思っていたが」

左近《さこん》も苦々《にがにが》しい顔つきで言った。

「その首を斬られて血を採られた女はどれくらいの歳恰好《としかっこう》じゃったかのう」

平吉が案じ顔で問うた。

「妹のおさよだったらと思うと、気がおかしくなりそうじゃ」

せがれの平太も言った。

「まさか、おみかだったら……」

源三郎は蒼《あお》い顔になっていた。

「つぶさに顔をたしかめたわけではありませんが、それなりの歳ではあったような気がします」

記憶をたどって、草吉が告げた。

「二十歳《はたち》にはなっていたと？」

平吉が問う。

「はい」

草吉の答えを聞いて、平太と源三郎がほっと息をついた。

「とにもかくにも、囚われの者を救い出さねば」

角之進は気の入った声を発した。

「われらの力を見せるところぞ」

大乗和尚《だいじょうおしょう》が僧兵たちに言った。

「おう」

いっせいに槍がかざされる。

気合のほとばしるしぐさだ。

それにひきかえ、高山陣屋《たかやまじんや》の足軽たちと、古川《ふるかわ》から来た別動隊にはみなぎるものが感じられなかった。

仕方なくここにいて、かしらの指示を待っているという雰囲気だ。

「まことに由々《ゆゆ》しき事態だ」

角之進は手付頭《てつけがしら》の永井武之進《ながいたけのしん》に言った。

「さようでございますな」

手付頭は表情を変えずに答えた。

「郡代《ぐんだい》どのは、まさか承知していたとか」

角之進は探るように問うた。

「さようなことはなかろうかと」

　永井武之進の答えはいま一つ煮えきらなかった。

「まあ、よい。何にせよ、討ち入ることにしよう。高潔上人と名乗る者の化けの皮を剝《は》がし、二度と悪《あ》しき所業ができぬようにする。そして、囚われの者を一人残らず解き放つのだ」

　諸国廻りの声に力がこもった。

「よし、行くぞ」

　左近が腹の底から声を発した。

「おうっ」

　大乗和尚と僧兵たちが答えた。

　かくして、黒卍教の討伐隊は寺に通じる長い石段を上りはじめた。

第九章　黒卍寺の戦い

一

「諸国悪党取締《しょこくあくとうとりしまり》出役《しゅつやく》、飛川角之進《とびかわかくのしん》である」

角之進は高らかに名乗りをあげた。

黒卍《くろまんじきょう》教の本山の山門だ。

石段を上る途中で敵からの襲撃があることも予期していたが、寺は不気味なほど静まり返っていた。諸国廻《まわ》りの一行は、そのまま滞《とどこお》りなく天蓋山《てんがいさん》の中腹《ちゅうふく》にある黒卍寺の山門に着いた。

「何用か」

門番が答えた。

「幕命により、当寺を検分いたす。通せ」

角之進は有無を言わせぬ口調《くちょう》で告《つ》げた。

「幕命だと?」

いぶかしむ声が返ってきた。

「然《しか》り。将軍徳川家斉《とくがわいえなり》様の命《めい》である」

角之進は重々しく言いわたした。

将軍の名を出したおかげか、ややあって門は開いた。

「高潔上人《こうけつしょうにん》はいるか」

角之進は問うた。

「お上人さまは中におられます」

急いで出てきた男が身ぶりをまじえて言った。

僧形《そうぎょう》だが、黒い頭巾《ずきん》をかぶっている。その額には、銀の卍の縫《ぬ》い取りがほどこされていた。

「案内いたせ」

角之進は命じた。

「承知しました」

銀の卍の男が一礼した。

どうやら階級によって卍の色が異なるらしい。白い卍や、あまり目立たない茶色の卍もいた。

「ここが本堂だな」

左近《さこん》が指さした。

黒曜石《こくようせき》の麗々しい入口に、ひときわ黒光りのする卍が象嵌《ぞうがん》されている。あたりを睥睨《へいげい》するかのごとき威容《いよう》だ。

「鉱山の利をかすめ取らねば、かくのごとき建物にはなるまい」

角之進は苦々《にがにが》しげに言った。

槍《やり》を携《たずさ》えた大乗和尚《だいじょうおしょう》と僧兵たち、それに民による討伐隊《とうばつたい》は、建物の外の庭で待つことになった。しかし、高山陣屋《たかやまじんや》の足軽たちと古川《ふるかわ》の別動隊は中へ案内された。その待遇《たいぐう》には明らかに差があった。

「何か動きがあったら知らせよ」

草吉《くさきち》に向かって、角之進は口早に告げた。

小者も本堂には入らず、庭で待機する段取りだ。

「はっ。お気をつけて。嫌な臭いがします」

草吉は鼻に手をやった。

「分かった」

角之進は短く答えた。

諸国廻りもたしかに嗅《か》いだ。

黒卍教の本堂から、かすかな異臭《いしゅう》が漂《ただよ》っていた。

二

本堂の中央に据《す》えられていたのも卍だった。

普通は何らかの仏像が置かれているところに、光り輝く卍がある。

その背後には、あまたの微細《びさい》な卍があった。

針金で固定されているようだが、どれもいまにも蠢《うごめ》きだしそうだ。

卍が据えられているのはそこだけではなかった。

「うわ」

天井を見上げた角之進は思わず声をあげた。

そこには巨大な黒い卍があった。

それぞれの先端が尖《とが》っている。いまにも勢いよく回りだしそうな卍だ。

卍　卍　卍……

本堂に声が響いていた。
角之進が本堂に入ったとき、ちょうど勤行のさなかだった。
紫衣《しえ》をまとった僧が木魚をたたきながら読経《どきょう》をしている。
だが……。
よく通る声で唱《とな》えられているお経は、いささかいぶかしいものだった。
尋常《じんじょう》な経典ではない。

卍　卍　世を統《す》べる卍
金卍　銀卍　白卍　紅卍
あらゆる卍を統べる黒卍
卍　卍　世を統べる卍……

角之進は読経が終わるのを待った。

本堂の隅には、信者とは思えない者たちがいた。

見たところ、武芸者のようだ。

卍　卍　回れ卍
頭《づ》の中で回れよ卍
幸いなるかな　悦《よろこ》びの卍
卍　卍　回れ卍……

高潔上人の声に応《こた》えて、身をびくびくと震わせている信者もいた。

身も心もすっかり奪われている様子だ。

これなら意のままに操られ、教祖が命じた恐ろしい所業《しょぎょう》にも平然《へいぜん》と手を染めてしまうだろう。

角之進は苦々しい思いでそのさまを見ていた。

木魚が高く打ち鳴らされ、銅鑼《どら》が鳴った。

読経が終わった。

高潔上人がゆっくりと諸国廻りのほうを向いた。

しかし……。

その面体《めんてい》をたしかめることはできなかった。

黒卍教を率いる者は、紫の覆面をかぶっていた。

三

「高潔上人、そのほうの所業《しょぎょう》、わが手の者がしかとこの目で見たぞ」

前へ進み出た諸国廻りは、おのれの目を指さした。

「ほほう」

覆面の男が厚手の座布団に座ったまま言った。

その額にも、あたりを威圧《いあつ》するような黒い卍の縫い取りがある。

「飛驒の民をさらい、陶器と染め物づくりを強制するばかりか、人の命を殺《あや》め、その血と骨を材料にするとは、神仏をも恐れぬ忌まわしき所業なり」

角之進はそう斬《き》って捨てた。

「われこそが神仏なり。森羅万象、ありとあらゆるものの上に君臨する者なり。民の命を奪い、血と骨を使うことなど慈悲のうちだ」

　高潔上人は傲然《ごうぜん》とそう言い放った。

「ただならぬ暗雲が漂っているというさる筋の見立てがあったにより、諸国廻りの次なる任地としてこの飛騨《ひだ》を選んだ。もはやそのほうの勝手にはさせぬ。おまえの命運は尽きたと知れ」

　角之進は厳しい口調で言った。

「ふはははは」

　哄笑《こうしょう》が返ってきた。

「ここは飛騨国だ。わが黒卍教の本山だ。諸国廻りか何か知らぬが、うぬの力の及ぶ場所ではないわ」

　高潔上人はそう言い放った。

「お上人さまっ」

「卍、卍、卍」

「すべての源《みなもと》に卍がある」

　本堂に集まって礼拝をしていた信者たちが口々に言う。

「おまえの声には聞き憶えがある」

角之進は冷静な口調で言った。

「ほほう」

高潔上人がいくらかしゃがれた声を発した。

「高山のさる場所から、折にふれて早駕籠《はやかご》が北へ向けて出立していた。これもわが手の者が調べあげている」

角之進は草吉から聞いたことを伝えた。

「なかなかに優秀なやつだな」

高潔上人が言った。

「そのさる場所がどこか、うぬは知っておろう」

諸国廻りは教祖が座る場所へ一歩近づいた。

呼び名が「うぬ」に変わる。

「よく気づいたな」

高潔上人は顔に手をやった。

ゆっくりと紫の覆面を外す。

下からおもむろに素顔が現れた。

黒卍教の高潔上人と名乗っていた男……。

それは、飛騨郡代《ぐんだい》、国松《くにまつ》四郎《しろう》史枝《ふみしげ》だった。

四

「やはり、おまえの一人二役だったか」

角之進は言った。

読みどおりだ。

「飛騨郡代として好き勝手をやるわけにはいかぬからな。黒卍教の隠れ蓑《みの》があれば、いかようにもやりたいことがやれる。民の命など思うがままだ」

立ち上がった悪代官は平然とそう言い放った。

その両脇に、抜刀した者たちが抜かりなく控える。

「本来は幕府の富である金銀銅などをかすめ取り、その財力で黒卍教なる邪教をでっち上げ、麗々しい本山を造りあげた。それだけでも由々《ゆゆ》しき罪だ」

諸国廻りは言った。

「まこと、吐き気がする」

脇に控えていた左近が言った。

「言うな」

高潔上人のなりをした飛騨郡代が鋭く右手を挙《あ》げた。

「おれの力を、うぬらは知らぬと見える。この黒卍教の本山は目に見える力だが、おれには呪力も備わっている。その力を満天下に誇示するためにも、飛騨郡代と黒卍教の教祖の地位が必要だったのだ」

浅黒い顔をした教祖が言った。

「お上人さま」

「卍、卍、卍！」

信者が叫ぶ。

「静まれ」

高潔上人と名乗る男が一喝した。

「まあ、おれの力を見せるにはまだ早い。その前に……」

悪代官は武芸者たちを見た。

「わが飛騨の鉱産物による富によって、日の本じゅうの武芸者を雇うことができた。まずはこの者たちを斃《たお》してみよ」

飛騨郡代と教祖の一人二役をつとめていた男が諸国廻りに言った。

「望むところだ」

角之進が刀の柄《つか》をたたいた。

「おれも助太刀を」

左近も続く。

「ならば、庭にて戦え。本堂を不浄の血で汚すわけにはいかぬからな」

黒卍教の教祖が言った。

「よし、来い」

気の入った声を発すると、角之進は本堂を出て庭に向かった。

五

本堂の前には白砂を敷き詰めた庭があった。

そこで御前試合のごときものが行われているらしい。

枝ぶりのいい松がいくつも植わっている。角之進は気づいた。一本の松に草吉が身を隠し、様子をうかがっている。

「かかる時のためにおまえらを飼っておいたのだ。日ごろの鍛錬《たんれん》の成果を見せろ」

邪教の教祖と飛騨代官を兼ねる男が言った。

「はっ。では、まんずそれがしが」

白装束の剣士が立ち上がった。

妙な訛《なま》りがある。

「津軽《つがる》一刀流、代田段衛門《だいただんえもん》なり。いざ」

そう名乗った剣士は、性急に打ちこんできた。

一刀流か。

角之進はぐっと気を集め、敵の初太刀《しょだち》を受けた。

一刀流は外連味《けれんみ》のない剣法だ。その代わり、力強い。ことに初太刀に一刀両断の気合を乗せてくる。

それを全身全霊で受ける。

まずはそこからだ。

角之進はがしっと受けた。

頭の芯《しん》にまで衝撃が走る。

それほどまでに勁《つよ》い剣だった。

だが……。

同じような剣は、これまでいくたびも受けてきた。

一人二役の悪代官に対する怒りが、さらに力をかきたてていた。

おのれの領民をさらい、殺《あや》めたうえで陶器や染め物の材料にするとは、この上なくおぞましい所業だ。

その男に飼われている武芸者なら容赦《ようしゃ》はせぬ。

「ていっ」

体を離し、角之進は踏みこんだ。

敵が受ける。

「だいだだん、だいだだん」

おのれの名と響き合う掛け声を発しながら、代田段衛門が打ちこんできた。

その剣筋が見えた。

角之進は斜め左へ素早く足を送った。

「てやっ」

素早く斬り下ろす。

袈裟《けさ》懸《が》けだ。

武芸者はもう面妖《めんよう》な掛け声を発しなかった。

首筋を斬られた代田段衛門は、踊るように身をくねらせたかと思うと、横ざまに倒れて絶命した。

六

「次！」

悪代官が焦《じ》れたような声を発した。

「はっ」

鎖鎌《くさりがま》を手にした武芸者が立ち上がった。

「飛び道具ならおれがやる。おぬしは休んでおれ」

一刀流の剣を受けたばかりの角之進を慮《おもんぱか》り、左近が前へ進み出た。

このあたりは阿吽《あうん》の呼吸だ。

「分かった。頼む」

角之進は左近に託した。

「日《ひ》の本《もと》無宿、名もなき武芸者なり」

鎖鎌の男は名乗りをあげなかった。

ゆっくりと鎖を回す。

その動きを左近は注視した。

鎖鎌の頭頂部には分銅《ふんどう》が取り付けられている。勢いをつけて回すその分銅を頭部にでも受けてしまったらひとたまりもない。

しかし、ひとたびそれをかわせば、敵はまた分銅が付いた鎖をたぐり寄せて攻撃態勢を整え直すのに時がかかる。

勢い、鎖鎌で襲いかかることになる。その流れを頭に入れ、集中を途切れさせなければ充分《じゅうぶん》に太刀打ちできる。

鎖が回る。

左近のみならず、角之進も黒卍教の教祖もじっとその動きを見ていた。

いくらか離れたところでは、大乗和尚の率いる僧兵たちが槍を構えていた。討伐隊の面々もまなじりを決している。

片や、高潔上人と名乗る悪代官の近くには、陣屋の足軽たちや古川の別動隊が詰めている。

卍の縫い取りのある黒装束の兵たちも、いまにも攻めこむ態勢で待機していた。

一触即発の緊張感みなぎる庭だ。

武芸者はさらに勢いをつけた。

「てやっ」

分銅が飛んできた。

左近はとっさに身をかがめた。

一撃必殺の分銅は、左近の頭上すれすれのところを飛び去っていった。

いまだ。

見守っていた角之進は心の中で声を送った。

左近の動きは果断《かだん》だった。

敵の体勢が整う前に鋭く踏みこみ、正面から斬りこむ。

敵の形相《ぎょうそう》が変わった。

分銅を引き寄せるいとまはない。

鋭い剣を鎌で受けるしかなかった。

がしっ、と鈍い音が響いた。

左近はすぐさま体を離し、敵が力をかけて前のめりになったところを狙って斬った。

流れるような剣さばきだ。

手負いの鎖鎌使いにもう余力はなかった。

「死ねっ」

左近はとどめを刺した。

心の臓を深々とえぐられた敵は、口からおびただしい量の血を吐《は》いて死んだ。

七

「鮮《あざ》やかだった」

角之進が再び前へ躍《おど》り出た。

「おう」

まだ気合の残る顔で左近は答えた。

「次だ。そろそろ斃《たお》せ」

兵に護《まも》られながら腕組みをして見守っていた悪代官が言った。

「はっ」

ひと声発して登場した次の武芸者は、いささかいぶかしいことに丸腰だった。

下半身にだけ丈の短い道着をまとっている。

上は裸だ。

「おれに武器はいらぬ。おれの総身がすべて武器だ。いざ」

半裸の武芸者が両手で構えをつくった。

「来い」

角之進は抜刀して備えた。

「きえーい」

化鳥《けちょう》のごとき声を発すると、武芸者は宙に舞った。

恐るべき足腰の力だ。

空中で足を回し、角之進の頭部を狙う。

「うっ」

間一髪《かんいっぱつ》だった。

足がぐんと伸びてくる。

半裸の武芸者は再び構えをつくった。

鎧《よろい》のごとき肉に覆われている。

動くたびに、その盛り上がった肉が躍動《やくどう》する。

「てやっ」

また跳《と》び蹴《げ》りが来た。

角之進はこれもかわした。

「臆《おく》したか」

武芸者が嘲《あざけ》るように言った。

角之進は挑発に乗らなかった。

敵にはまだ力がある。

まだ見せていない技《わざ》があるかもしれない。

たとえ何と言われようとも、相手が隙《すき》を見せるまで待つことにした。

「あれはどうした」

黒卍教の教祖が武芸者に言った。

どうやら隠された秘法があるようだ。

「はっ」

武芸者は一礼した。

抱《かか》えられている身だ。教祖の命には逆らえない。

「卍！」

ひと声発すると、半裸の武芸者は手足を曲げた。

身をもって「卍」をかたどる。

「卍！」

今度は向きが変わった。

「卍、卍、卍！」

武芸者の動きが速くなった。

「とおっ」

やにわに宙に跳び上がり、角之進めがけて蹴りを放つ。

しかし……。

それに先立つ卍の動きは無駄だった。

教祖を喜ばせるためだけの動きは、肝心《かんじん》の跳び蹴りの力を殺《そ》いでしまった。

墓穴を掘ったのだ。

角之進は瞬時に見切った。

跳び蹴りをかわし、落ちてきた敵を斜め下から斬り裂く。

「ぐえっ」

半裸の武芸者はうめいた。

諸国廻りの剣は、その肺腑《はいふ》を深々とえぐっていた。

「ぐえええええええいっ」

それでも最後の力を振り絞り、武芸者は角之進に立ち向かってきた。
この身をつかませてはならぬ。
恐らくは途方もない力だろう。
諸国廻りは再び体をかわした。
半裸の武芸者は血を流しながらたたらを踏んだ。
「何をしておる。殺せ」
教祖が叫んだ。
しかし……。
傷は深かった。
もはや反撃する余力は残っていなかった。
「慈悲《じひ》だ」
角之進は鋭く踏みこみ、袈裟懸けに斬った。
武芸者の体から血がほとばしる。
丸腰で襲いかかってきた武芸者は、がっくりと前のめりに倒れて死んだ。

八

残る武芸者は二人になった。

しんがりから二人目の男は、とても武芸者には見えなかった。

手拭《てぬぐい》を姐さんかぶりにし、背に卍がついた半被《はっぴ》をまとっている。

「えー、さて、一座の皆さまへ……」

妙な手つきをまじえ、唄いながら踊る。

武芸者と言うより、大道芸人だ。

「まかり出ました、それがしは……」

さらに身をくねらせながら踊る。

ただし、唄いぶりはいささか妙だった。

奥歯に何か物がはさまっているような感じだ。

こやつのどこが武芸者なのか。

角之進はいぶかしんだ。

「お見かけどおりの若輩《じゃくはい》で……」

踊りながら間合いを詰める。
「いやこらせー、どっこいせー……」
合いの手が入る。
どうやら前にも披露《ひろう》された面妖《めんよう》な武芸らしい。
この敵も丸腰だった。
手には何も握っていない。
見たところ、手裏剣を潜《ひそ》ませている様子もなかった。
だが……。
その奸計《かんけい》を見破った者がいた。
草吉だ。
「若さま、吹き矢だ」
松の枝に身を隠した草吉が精一杯の声で告げた。
忍びの心得のある者にしか見抜けない奸計だった。
はっとした刹那《せつな》、大道芸人のような武芸者の口の動きがわずかに変わった。
角之進はとっさに剣を構えた。
かん、と鋭い音が響いた。

吹き矢をはね返す音だ。
諸国廻りの背を冷たいものが伝った。
武芸者はもう唄わなかった。
次の吹き矢を口に含む。
矢といっても針に近い。口に含み、敵をめがけて飛ばす。
唄と踊りで油断させ、一瞬の隙を突いて斃す。
姑息《こそく》といえば姑息だが、このやり方で多くの敵を斃してきた。
しかし……。
もう攻め方は察せられた。
「ぬんっ」
次の吹き矢を、角之進は難なく弾《はじ》き返した。
そのまま踏みこみ、正面から斬り下ろす。
手ごたえがあった。
唄い踊りながら現れた面妖な武芸者は、断末魔の悲鳴をあげて事切れた。

九

残る武芸者はいよいよ一人だけになった。

「備えをしておけ」

悪代官は配下の者に言った。

最後に残った武芸者はもうかなりの歳《とし》だ。腕に覚えはあっても、諸国廻りとその補佐役を斬るのは難しいかもしれない。

となれば、総力戦だ。

「はっ」

手付頭《てつけがしら》の永井武之進《ながいたけのしん》が答えた。

「備えをせよ」

足軽たちに言う。

「斬り合いになるぞ」

別動隊のかしらの牛丸十兵衛《うしまるじゅうべえ》が言った。

「はっ」

「心得ました」

兵が抜刀した。

「いくさじゃ、いくさじゃ」

「みな取り戻すんじゃ」

討伐隊からも声があがった。

「いよいよ出番だぞ。心せよ」

大乗和尚が僧兵たちに言った。

「おう」

僧兵たちは力強く槍を構えた。

そんな一触即発《いっしょくそくはつ》の庭に、最後の剣士が現れた。

だが……。

その様子はいささか妙だった。

動きが妙に硬く、まるでからくり人形が歩いているかのようだった。

「ほうびは独り占めだ。必ず斃せ」

黒卍教の教祖が言った。

老剣士の顔にさざ波めいたものが走った。

これまで、ほかの剣士たちがなすすべもなく斃されていくのをその目で見ていた。

一人斃れるたびに、心に重石がかけられていった。

「われこそは、黒野森玄斎《くろのもりげんさい》」

最後の武芸者が名乗りをあげた。

しかし、その声はうわずり、半《なか》ば裏返っていた。

「いざ」

角之進が剣を構えた。

その姿を見たとき、老剣士の表情がにわかに変わった。

かつてはそれなりの腕で、口舌巧《こうぜつたく》みに黒卍教のお抱《かか》え武芸者の一人になったのだが、一騎当千《いっきとうせん》の諸国廻りに太刀打ちできる力はとてもなかった。

それをおのれも分かっているからこそ、あまりの恐ろしさに気がふれてしまったのだ。

「あひゃひゃ、あひゃひゃひゃひゃひゃひゃ……」

どこかが外《はず》れたような笑い声を発すると、黒野森玄斎は斬りかかっていった。

しかし、相手は角之進ではなかった。

最後の武芸者が斬りかかったのは、高潔上人と名乗る男だった。

「何をする。乱心したか」

悪代官は血相を変えた。

その身を護《まも》ろうと、我先に手下が駆けつけ、老武芸者を斬った。

「狼藉者《ろうぜきもの》め」

「死ね」

最後の武芸者は膾《なます》のように斬られた。

「あひゃひゃ、あひゃやひゃひゃ……」

笑い声がしだいに弱々しくなっていった。

そして、ついにあお向けに倒れて動かなくなった。

その死に顔には、まだ笑いが貼りついていた。

十

討伐隊は勢いづいた。

「奪還《だっかん》じゃ」

平吉《へいきち》が叫んだ。

「おう」

せがれの平太《へいた》も続く。

「いま助けてやる、おみか」

源三郎《げんざぶろう》も声をあげた。

「討伐じゃ、討伐じゃ」

旗指物《はたさしもの》が揺れた。

「ええい、静まれ」

黒卍教の教祖が一喝した。

「歯向かう者はみな殺せ」

本性をむき出しにした悪代官が叫んだ。

「卍！」

信者が真っ先に斬りこんできた。

「ぬんっ」

角之進は一刀で斬って捨てた。

「卍！」

次の信者が斬りこむ。

これも正面から斬って捨てた。

「殺せ」

悪代官が叫んだ。

それを合図にしたかのように、黒卍教の本殿の前の庭でいくさが始まった。

草吉も松の木から下り、勘どころで手裏剣を放った。

百発百中の腕だ。

高山陣屋の足軽や古川の別動隊の兵は次々に斃れていった。

「許さぬ」

諸国廻りは怒りの剣を振るった。

「さらった者はいずこにいる。言え」

角之進は傷を負った兵の一人を問い詰めた。

「あそこで陶器と染め物を……」

観念した兵は本殿の右奥の建物を示した。

「囚われた者はあそこにいるぞ」

討伐隊に向かって、角之進は大音声《だいおんじょう》で告げた。

「おう」

「いま行くぞ」

俄然《がぜん》、討伐隊は勢いづいた。

「若さま」

草吉が急を告げた。

見ると、高潔上人と一人二役だった悪代官があるものを握っていた。

短銃《たんづつ》だ。

舶来《はくらい》と思われる短銃は、諸国廻りの胸に狙いをつけていた。

「当たらぬ」

角之進は間合いを詰めた。

「邪《よこしま》な弾は、このおれには当たらぬ」

胸を張って言うと、角之進はさらにじりっと間合いを詰めた。

そして、銃声が響いた。

ほぼ同時に、かんっと乾いた音が響いた。

諸国廻りの剣は、邪悪な者が撃った短銃の弾を物の見事に弾《はじ》き返していた。

「ちっ」

悪代官は舌打ちをした。

「本堂へ来い。おれの力を見せてやる」

そう言い残すと、悪代官はすさまじい速さで黒い卍が据えられた入口へ向かった。

「待て」

角之進が追う。

「あとは任せろ」

敵の兵を切り伏せながら、左近が言った。

「囚われの者たちを解放してくれ」

角之進は口早に告げた。

「承知した。そちらは頼む」

左近が答えた。

「おまかせください」

草吉の声も響いた。

「おう」

気の入った声で答えると、角之進は悪代官を追った。

第十章　最後の決戦

一

本堂に入ると、嫌な臭いが鼻をついた。

異臭は以前から漂《ただよ》っていたが、さらに濃くなっていた。

「卍《まんじ》！」

「卍！」

黒卍教《くろまんじきょう》の教祖の脇を、信者たちが護《まも》っていた。

黒い頭巾《ずきん》をかぶった者たちはみな澄んだ目をしていた。単一の教義を刷りこまれ、洗脳されている証《あかし》だ。

「飛驒郡代《ひだぐんだい》、国松四郎史枝《くにまつしろうふみしげ》、うぬが命運、もはや尽《つ》きたと知れ」

諸国廻《しょこくまわ》りは昂然《こうぜん》と言い放った。

「うはははは」

悪代官は哄笑《こうしょう》をもって応《こた》えた。

「命運が尽きたのはうぬのほうだ」

「卍！」

「卍！」

信者が耳障《みみざわ》りな声を発した。

ほかの言葉はもうしゃべれなくなってしまっているらしい。

「この臭いをよく嗅いでおけ」

高潔上人《こうけつしょうにん》と名乗っている男が身ぶりをまじえる。

胸が悪くなるような臭いだ。

「これはいったい何の臭いだ」

角之進《かくのしん》は顔をしかめて問うた。

「あれだ」

悪代官は祭壇を手で示した。

御神体《ごしんたい》とも言うべき卍の像の前に、大きな蠟燭《ろうそく》が二本据《す》えられている。

「あの蠟燭は……」

角之進は瞬《まばた》きをした。

「冥途《めいど》の土産《みやげ》に聞かせてやろう」

邪教を率《ひき》いる男は言った。

「獣《けもの》の脂《あぶら》を固めて蠟燭にすることがある。あの蠟燭もそうだ。ただし、獣ではない」

悪代官はひと息入れてから続けた。

「人だ」

その言葉を聞いて、さしもの角之進も胃の腑《ふ》が虚《うつ》ろになるような気分になった。

「領民の命を一つありがたく頂戴《ちょうだい》するのだから、捨てるところがないよう、大事に使ってやらねばな」

飛驒郡代は平然とそう言ってのけた。

「骨は焼いて砕《くだ》いて陶器にまぜ、血は染料にまぜて染め物にする。いずれもわが飛驒の新たな特産品だ。江戸でもよく売れている」

悪代官は満足げに言った。

「その次の品が人の脂の蠟燭か」

角之進はのどの奥から絞り出すように言った。

「そうしたいものだが、この生臭《なまぐさ》さではいまのところ売り物にはならぬ。まあ、臭みが抑えられたら第三の特産品にもできるだろう」

領民の命を歯牙《しが》にもかけない男が言った。

「領民を護《まも》るのが代官のつとめぞ。天をも恐れぬ所業《しょぎょう》だ」

諸国廻りは吐き捨てるように言った。

「天だと？」

高潔上人と名乗っていた悪代官が目を剝《む》いた。

「そうだ。天は見通している。うぬは天をも恐れぬ悪行の報《むく》いを受けるだろう」

角之進は敵に指を突きつけて言った。

「おれの目を見ろ」

悪代官の声が低くなった。

角之進はそのとおりにした。

瞬《まばた》きをする。

「見ろ」

黒卍教の教祖は重ねて言った。

一瞬、角之進は眠気にとらわれた。

抗しがたい眠気だ。

黒卍教の教祖は手を上に向けた。

「あれを見ろ」

天井を指さす。

眠気が嘘《うそ》のように失せた。

「こ、これは……」

角之進は目を瞠《みは》った。

黒卍教の本堂の天井――。

そこに据えられていた巨大な卍が蠢《うごめ》きはじめていた。

二

動く、動く。

卍が動く。

凄《すさ》まじい速さで、黒い卍が回転し、たちまち大きな渦と化した。

「うわあっ」

角之進は思わず声をあげた。
どこからか波が押し寄せ、おのれの身をさらってしまったのだ。

大丈夫だ。
気をたしかに持て。

わが身にそう言い聞かせ、ぐっと手に力をこめる。
刀を握っていたはずだが、そうではなかった。
いつのまにか櫂《かい》に変わっていた。
是非もない。
この櫂を操《あやつ》って、危地を脱するしかなかった。
「うははは、逃れることができるか。泳げ泳げ」
悪代官の声が聞こえてきた。
それはこの世の外から響いてきたかのようだった。
角之進がいるのは黒卍教の本堂ではなかった。
外の庭でもない。

いつのまにか、荒波逆巻く大海のただなかに投じ入れられていた。
どこを見ても陸は見えない。島影もない。

落ち着け。
飛騨に海はない。
これは何かの幻術だ。

角之進はおのれにそう言い聞かせた。
高潔上人は幻術を使う。
まことしやかにそう言われていた。
その術にかかってしまったのだ。
波にもまれてあっぷあっぷしながら、角之進は必死に考えをまとめようとした。
術から逃《のが》れ、うつつの世に戻る手立てはあるはずだ。
その鍵を探せ。
角之進はまなざしに力をこめた。
波間に光るものがちらりと見えた。

卍だ。

これがうつつの海なら、卍など見えるはずがない。

幻術の証《あかし》だ。

力が少し戻ってきた。


こんなところでは死ねぬ。

何のために飛驒まで来たのか。

悪《あ》しき支配者の息の根を止め、囚われの者たちを解き放ち、平穏な暮らしを取り戻すためではないのか。


角之進はおのれに気合を入れ直した。

手にした櫂を放すことはなかった。

舟はないから漕《こ》ぐことはできないが、うつつに戻れば刀に変じるはずだ。

「そろそろ介錯《かいしゃく》してやるか」

空から声が響いた。

悪代官の声だ。

危難が迫《せま》っている。

まだまぼろしの海の中だ。

次々に襲ってくる波にもまれているばかりだ。

助けは来ない。

いまにも剣が振り下ろされる。

この世の外から襲ってくる剣は、いともたやすくおのれの首を斬《き》り落としてしまうだろう。

諸国廻りは、ここに進退谷《きわ》まった。


何か手立てはあるはずだ。

どこかに最後の望みがある。

角之進はぐっと気を集めた。

ここが正念場だ。

探せ。

手立てを探せ。

ほどなく、天啓のごとくに閃《ひらめ》くものがあった。

そうだ。

この窮地から逃れるには、あの言葉しかない。

諸国廻りは思い出した。

いかなる窮地に陥《おちい》っても、その言葉を一心に唱《とな》えれば窮地を脱することができる。

角之進は肚《はら》の底から声を発した。

おのれというもの、その存在のすべての重みをかけて、ある言葉を唱えた。

三

「念彼観音力《ねんぴーかんのんりき》！」

角之進は凜《りん》とした声を発した。

『観音経偈文《かんのんきょうげもん》』で繰り返し唱えられる言葉だ。

彼《か》の観音力を念ずれば、と読み下《くだ》す。

ありがたい観音様のお力を一心に念ずれば、窮地から逃れることができる。お経はそう教えていた。

あたりいちめん火の海に包まれても、彼の観音力を念ずれば、にわかに池に変じる。すさまじい高さの山から落下しても、彼の観音力を念ずれば、かすり傷一つ負わない。

刑死の運命が迫り、いままさに刀が振り下ろされようとしても、彼の観音力を念ずれば、その刀はぼろぼろに崩れていく。

そんな例が、お経のなかではいくつも示されていた。

「念彼観音力！」

角之進はさらに唱えた。

かつて窮地に陥ったとき、この言葉が救ってくれたことがある。

恐るべき幻術にかかってしまったおのれを救う手立てがあるとすれば、これしかない。

まぼろしの海の波間に卍が見えた。

大小の卍が水車のように勢いよく回っている。

偽りの陽光が無数の卍を照らす。

角之進は気づいた。
はっきり見えているのに、いままでは意識に上らなかった単純なことに気づいた。

卍には中心がある。
二つの腕《かいな》が交わる点がある。
中心のない卍はない。
その一点を中心として、すべての卍が存在している。

角之進はまなざしにさらに力をこめた。
波間に見え隠れする卍の中心を凝視《ぎょうし》した。
「念彼観音力！」
言葉を発し、卍を見る。
その動きがだしぬけに変わった。
回転する向きが逆になったのだ。
これまでは、右へ右へと回っていた卍が、左へ回りはじめた。
それとともに波が収まり、水が引いていった。

まぼろしの海が消えていく。

このままうつつの世に戻り、悪代官の息の根を止められるかもしれない。

角之進の頭に望みの灯がともった。

だが……。

それは束《つか》の間《ま》の望みだった。

海が消えたあとに残ったのは、うつつの世ではなかった。

きりもない暗黒だった。

その途方もない深さの奈落のようなところに向かって、角之進は真っ逆さまに墜《お》ちていった。

「うわあっ！」

角之進は叫んだ。

もはや、これまで。

そう観念しかけた諸国廻りの脳裏に、ある面影が浮かんだ。

それは観音様ではなかった。

江戸の家族の顔だった。

おみつが王之進《おうのしん》とともに歩いている場面が、いやにありありと浮かんだ。

そうだ。

戻らねばならぬ。

志《こころざし》を果たして、江戸へ戻らねばならぬ。

真っ逆さまに落下しながら、角之進は強くそう念じた。

「念彼観音力！」

これが最後の望みだ。

そんな思いをこめて、角之進は声を発した。

闇が急速に薄れた。

四

「うっ」

角之進はうめいた。

何かにぶつかったような感触があった。

しかし……。

硬いものではなかった。

角之進がぶつかったのは、妙にぶよぶよしたものだった。

身を起こした角之進の耳に届いたのは、からからという音だった。

卍が回っている。

大小とりどりの卍が闇の中で回っている。

角之進は長い息をついた。

どこも痛めてはいないようだった。体勢を整え直すと、角之進は卍の林とも言うべき場所へ歩み寄った。

回転する向きはやはり逆だった。

左回りだ。

この向きを正すことができれば、もとの世に戻れるかもしれない。

角之進はそう考えた。

卍の群れは、この世をこの世たらしめている力の淵源《えんげん》かもしれない。

いまは逆向きに回っているからこそ、目に見える世界は闇に閉ざされている。

その向きを正すにはどうすればいいか。

再び右回りにするためには……。
角之進はぐっと気を集めた。

見える、見える。
卍が見える。
光源があるからこそ、卍が見える。

角之進はそう思い当たった。
では、その光源はどこにあるのか。
回る、回る。
卍が回る。
大小とりどりの卍がいっせいに回る。
ただし、逆向きに。
そのさまを、角之進は注視した。

ここにも中心がある。

卍の数だけ中心がある。

二つの腕が交わる一点を中心として、すべての卍が回っている。

その一点とは何か。


「そうか」

角之進は声を発した。

いま、深い闇の中で、逆向きに回る無数の卍を見ている。

その〈いま、ここ〉は一つしかない。


この世には、あまたの人がいる。

かけがえのないたった一つの命を有し、それぞれの暮らしを続けている。

その命と存在をせんじつめれば、〈いま、ここ〉に通じる。

卍に一つしかない中心のように、〈いま、ここ〉というものがある。

命というものは、際限なく続く〈いま、ここ〉のつらなりだ。


角之進はそんな真理に至った。

そのとき、卍の向きが変わった。
「おお」
角之進は目を瞠《みは》った。
いままで闇に閉ざされていた世に光が差しこんできたのだ。
その恩寵《おんちょう》のごとき光を受けて、卍が回る。
無数の卍が正しい向きに回る。
右回りだ。
風が吹いた。
いっせいに卍が回るときに生じる風だ。
その竜巻のような風に乗って、角之進は奈落の底から地上へと向かった。
手には剣を握っている。
その感触をしっかりとたしかめながら、角之進は風に乗って進んだ。

五

「死ねっ！」

いままさに凶剣が振り下ろされるところだった。

間一髪《かんいっぱつ》だった。

我に返った角之進は、手にした剣でしっかりと受けた。

飛騨代官と黒卍教の教祖を兼ねる男が、驚愕《きょうがく》の目を瞠った。

角之進がまぼろしの海から奈落の底に墜ち、この地上に舞い戻るまでには、実際にはほんのわずかな時しか経っていなかった。

そのあいだに、悪代官は抜刀《ばっとう》し、諸国廻りの首を刎《は》ねようとしていた。

唯々諾々《いいだくだく》と首を刎ねられようとしていた諸国廻りがやにわに我に返り、剣を受けたのだから、驚くのも無理はなかった。

「ぬんっ」

角之進は悪代官の剣をはねのけた。

間合いを取る。

「おのれ、無事だったのか」

悪代官は憎々しげに言った。

「卍！」

手下が斬りかかってきた。

腰の入っていない剣だ。

一撃で斬り捨てる。

「面白いものを見させてもらった」

角之進は言った。

「まだまだあるぞ。おれの目を……」

黒卍教の教祖の形相《ぎょうそう》が変わった。

「もうその手は食わぬ」

諸国廻りはぴしゃりと言った。

「飛驒の民に成り代わり、成敗《せいばい》いたす」

角之進はそう言うなり、ただちに踏みこんで剣を振るった。

「ぐわっ」

悪代官が悲鳴をあげた。

妖術を使う常人離れのした力を有する男だが、剣術の腕前は角之進の敵ではない。

しかも、すっかり虚を突かれてしまった。悪代官は諸国廻りの必殺の剣をよけることができなかった。

さらに踏みこむ。

今度は胴を払って斬った。
「ぐえっ」
高潔上人と名乗っていた男が血を吐いた。
「天誅《てんちゅう》なり」
諸国廻りは高らかに言い放った。
正義の剣が一閃《いっせん》する。
悪代官の首が宙に舞った。
目は見開かれたままだった。
黒卍教の本堂の床に、邪悪なる者の首はぼとりと落ちた。
最後に瞬《まばた》きをする。
妖術を使う悪代官は、かっと両目を開いたまま動かなくなった。

六

「角之進！」
左近《さこん》が飛びこんできた。

「おう。やったぞ」

まだ気合の残る顔つきで、角之進は床に転がっているものを指さした。

「若さま」

草吉《くさきち》も姿を見せた。

「そちらはどうだ」

角之進は口早に問うた。

「囚われの者たちを、大乗和尚《だいじょうおしょう》様たちがいま解放したところです」

草吉は答えた。

「そうか」

角之進は愁眉《しゅうび》を開いた表情になった。

「高山陣屋《たかやまじんや》の手付頭《てつけがしら》はおれが斬ってやった」

左近が二の腕をたたいた。

永井武之進《ながいたけのしん》は悪代官と同じ運命をたどったらしい。

「古川《ふるかわ》の別動隊は、僧兵と討伐隊《とうばつたい》が退治しました」

草吉が告げた。

「ほかの信者は『卍！　卍！』と叫びながら打ちかかってくるだけだから、ばっさばっさと斬り倒してやったぞ」

左近が身ぶりをまじえた。

「ならば、後顧《こうこ》の愁《うれ》えはないな」

諸国廻りは安堵《あんど》する思いで言った。

「あとは囚われていた者たちとともに飛驒高山へ凱旋《がいせん》するだけだ」

左近は白い歯を見せた。

「ならば、出よう。ここの気は胸が悪くなる」

角之進は手であおぐしぐさをした。

「ひどい臭いだな。もとは何だ？」

補佐役が訊いた。

「さあ、何だろうな」

角之進は知ってしまったことを伝えなかった。

まもなく忌《い》まわしい蠟燭《ろうそく》は燃えつきる。もう新たな蠟燭がつくられることはないだろう。

角之進は黒卍教の本堂をあとにした。

最後に、床に転がっているものにちらりと目をやった。

一瞬、ぎょっとした。

教祖の目がわずかに動いたような気がしたのだ。

そんなはずはない……。

軽く首を振ると、諸国廻りは黒い卍が鎮座《ちんざ》する本堂を出た。

七

外へ出ると、風が吹いてきた。

そのさわやかな気を、角之進は胸いっぱいに吸った。

「諸国廻りさまっ」

遠くで手を振っている者がいた。

あれは討伐隊の平太《へいた》だ。

その近くで、平吉《へいきち》とおぼしい男が娘に付き添っていた。

さらわれたおさよは無事助けられたのだ。

「おかげさまで、助かりました」

源三郎《げんざぶろう》の声が響いた。

そのかたわらに娘の姿があった。

いいなずけのおみかだ。

「おう。悪いやつらはみな退治した。もう大丈夫だ」

諸国廻りはそう言って笑みを浮かべた。

「よくぞご無事で」

大乗和尚が歩み寄ってきた。

「そちらこそ」

角之進も近づく。

「怪我人はいくたりか出ましたが、落命する者がいなかったのは幸いでした」

和尚は僧兵たちを手で示した。

「おかげで悪代官は成敗された。向後《こうご》は飛騨に平穏が戻るだろう。礼を申す」

諸国廻りは僧兵たちに向かって一礼した。

大乗和尚の後ろに並んだ僧兵たちは黙って両手を合わせ、深々と頭を下げた。

続いて、解放された囚われの者とその身内のもとへ歩み寄った。

左近と草吉も続く。

「怪我はなかったか」

角之進はやさしい声で問いかけた。

「はい」

おさよが答えた。

「娘のおさよで」

平吉が感慨深げに紹介した。

「おかげさんで、妹が戻ってきました。夢みたいで」

平太が目をしばたたかせた。

「いいなずけのおみかで」

今度は源三郎が引き合わせた。

「このたびはありがたく存じました」

おみかがうるんだ目で言った。

「これからは水入らずだ。いままでの分を取り戻せ」

角之進は笑みを浮かべた。

「はい」

おみかがうなずく。

「早く高山へ帰りたいもんじゃ」

源三郎がそう言ったから、討伐隊の面々の顔にも笑みが浮かんだ。

だが……。

これで終わったわけではなかった。

わずかなあいだで黒卍教をつくりあげ、さまざまな奸計《かんけい》を巡らせておぞましい所業を行ってきた男。

妖術を操る黒卍教の教祖。

その力は、まだ本山の寺に残存していた。

角之進の顔つきがまた引き締まった。

不意に地鳴りがしたのだ。

「地震だ」

諸国廻りは声を発した。

次の刹那《せつな》、激しい揺れが黒卍寺を襲った。

第十一章　本山炎上

一

黒卍教《くろまんじきょう》の本山が根こそぎ揺れた。

ことに揺れているのは本堂だった。

そこだけが縦に揺れているように見えた。

「危ないぞ」

角之進《かくのしん》は声を発した。

本堂の前に据えつけられていた黒光りのする巨大な卍が激しく震えたかと思うと、やにわにばあーんと弾《はじ》けた。

「伏せろ」

左近《さこん》が叫んだ。

卍の破片が降り注《そそ》ぐ。

「きゃあっ」

「危ない」

解放された女たちが両手で頭を覆ってうずくまった。

「先に逃がしてください」

角之進は大乗和尚《だいじょうおしょう》に言った。

「承知しました」

和尚は機敏に動いた。

「みなを誘導して下山だ」

大乗和尚は僧兵たちに告《つ》げた。

「はい」

「こっちへ」

さっそく僧兵たちが誘導する。

「さあ、逃げよう」

源三郎《げんざぶろう》がおみかの手を引いた。

「落ち着いていけ」

「石段を踏み外《はず》すな」

平吉《へいきち》と平太《へいた》も女たちに声をかけた。

「せっかく逃げられたんだから」

「無事に高山《たかやま》まで行きましょう」

解放された女たちが言う。

その群れのなかで、おさよもうなずいた。

「落ち着け」

「大丈夫だ」

さまざまな声が飛ぶなか、討伐隊《とうばつたい》と解放された者たちはいっさんに山門のほうへ逃げていった。

二

ほどなく、火の手が上がった。

燃えているのは、本堂だった。

次々に何かが弾《はじ》ける。
その破片が降ってくる。
卍だ。
形をなくした卍の破片が角之進の頭上を襲った。
「危ない」
草吉《くさきち》が叫んだ。
あわてて首をすくめる。
大きな卍の破片は、回転しながら角之進の頭上すれすれをかすめていった。
冷や汗をかいた角之進は瞬《まばた》きをした。
炎上する本堂のほうから、声が聞こえたような気がしたのだ。
だれかが笑っている。
いや、嗤《わら》っている。
黒卍教の教祖の声だ。
たしかに首を斬《き》り落としたはずなのに、まだ命運は尽きていなかったのか。

怪しい呪術を使う男の息の根は止まっていなかったのか。

角之進は本堂に向かった。

「よせ」

左近が鋭く言った。

「本堂が弾け飛ぶぞ」

切迫《せっぱく》した声が響く。

次の刹那《せつな》――。

ひときわ激しい地鳴りが響いた。

本山のすべてのものが揺れた。


本堂の床で、高潔上人《こうけつしょうにん》と名乗っていた者がかっと両目を見開いた。

首だけになってしまった悪代官は、最後に残った怒りの炎をかき立てていた。

怒りのやり場がなかった。

動かせる胴体もない。

そのやり場のない怒りが炎となり、本堂に燃え移った。

御神体の卍像が弾け飛ぶ。

その背後にあった大小とりどりの卍も同時に弾け飛んだ。

最後に、天井の巨大な卍が崩落した。

炎上しながら落下した卍は、教祖の首を押しつぶした。


ぎゃあああああああああああっ……


恐ろしい断末魔の悲鳴が響いた。

胴体から切り離されてもまだ命運を保ち、怒りの炎をかき立てていた存在に、ついに最期のときが訪れた。

領民をさらい、悪逆のかぎりを尽くしてきた悪代官は死んだ。

おのれが教祖として君臨してきた黒卍教。

その本堂の天井に据えつけられていた巨大な卍に押しつぶされて死んだ。

まったく跡形もなくなった。

三

悪代官が絶命した刹那《せつな》、ひときわ激しい火の手が上がった。

本堂が弾け飛ぶ。

炎上しながら崩壊《ほうかい》する。

「逃げろ」

角之進は叫んだ。

「おう」

左近が短く答えた。

草吉が声をかけた。

「山門はまだ大丈夫です」

「よし、急げ」

礫《つぶて》と火の粉が飛ぶなか、諸国廻《しょこくまわ》りの一行は山門へ急いだ。

火は次々に燃え移っていた。

陶器と染め物、恐ろしいものがつくられていた場所も、あっという間に炎上して崩壊した。

　卍は見てゐるぞ

板が燃える。
据えつけられていた卍が弾け飛ぶ。

　卍はすべてに勝つ

燃える、燃える。
すべての板がなすすべもなく燃えていく。

　お上人さまがこの世を救ふ　卍

その卍が燃える。
板ごとばっと炎上する。

「お上人さま」はもういない。
今度こそ、完全に死んだ。

あらゆるものの源《みなもと》に　卍

いま、あらゆるものの源にあるのは卍ではなかった。
炎だった。
それは邪教の本山を完膚《かんぷ》なきまでに焼いていった。
山門にたどり着いた。
石段の下のほうに、小さく一群の者が見えた。
僧形《そうぎょう》の者が手を振る。
大乗和尚だ。
「いま行きます」
大声で伝えると、角之進は山門をくぐり、急いで石段を下りはじめた。

四

「若さま」

草吉が急を告げた。

石段を下りているさなかに、最後の大爆発が起きたのだ。

山門が砕《くだ》け散っていた。

その破片がわらわらと降ってくる。

手で頭を覆ってしのぐと、角之進は恐る恐る立ち上がり、黒卍教の本山のほうを見た。

火の手が上がっていた。

それは建物ばかりでなく、天蓋山《てんがいさん》の山林にも燃え広がっていた。

「あと少しだ。急げ」

角之進が言った。

「おう」

左近が続く。

石段を下り終えると、大乗和尚といくたりかの僧兵が出迎えてくれた。

「討伐隊は解放された者たちをつれて、先に出ています」

大乗和尚が伝えた。

「一気に高山まで?」

左近が問うた。

「いや、それは大儀《たいぎ》ですから、また心敬《しんぎょう》和尚のお寺に泊めていただきましょう」

大乗和尚が答えた。

「それがいちばんですね。傷を負っている者や、疲れている者もいるでしょうから」

角之進は言った。

天蓋山から少し離れても、焦《こ》げ臭い臭いが漂ってきた。

山には赤いものも見えた。

激しい雨が降らなければ、このまま幾日も燃えつづけるかもしれない。

それでいい、と角之進は思った。

樹木にとっては不憫《ふびん》だが、火はあらゆるものを浄《きよ》めてくれる。

黒卍教の本山で非業《ひごう》の死を遂《と》げた者たちの霊も、少しは浮かばれるだろう。

諸国廻りの一行は先を急いだ。

行きは難儀だった山道を下ると、寺の甍《いらか》が見えてきた。

心敬和尚の寺だ。

「飛川《とびかわ》さまっ」

角之進の姿を見て、声が飛んだ。

討伐隊の面々が手を振る。

平吉も平太も源三郎もいる。

「もう大丈夫だ。本山は炎上した」

角之進が伝えた。

「火をつけたんですかい？」

平太が問うた。

「いや……」

角之進は少し間を置いてから続けた。

「天が代わりに焼いてくれた。黒卍教とその本山は崩壊した」

諸国廻りの声に力がこもった。

五

心敬和尚の寺の本尊は千手観音《せんじゅかんのん》だった。

その前に端座《たんざ》し、角之進は長く両手を合わせた。

危ういところを観音様にお助けいただきました。

ありがたく存じました。

いまこうしていられるのは、ひとえに観音様のお力です。

御礼申し上げます。


角之進は心の底から礼を述べた。

心敬和尚と弟子の僧たちは甲斐甲斐《かいがい》しく動き、討伐隊の労をねぎらってくれた。

傷を負っている者にはしかるべき処置が施《ほどこ》された。熱がある者には床が延べられた。

「これから粥《かゆ》をつくりますので。五平餅《ごへいもち》も焼きます」

心敬和尚はそう言って笑みを浮かべた。

「茶だけでもほっとしますな」

大乗和尚がそう言って、湯呑《ゆの》みの茶を啜《すす》った。

「いくらでもお代わりがございますので」

麓《ふもと》の寺の住職が言った。

本堂の隅のほうでは、晴れて解放され、大切な人のところに戻った者たちが語らっていた。ときおり笑みもこぼれる。その表情を見て、角之進は安堵《あんど》した。

まだしばらくはつらい思いをするかもしれない。見聞きしてしまったことがよみがえり、いたたまれない気分になるかもしれない。

だが、時が経《た》つにつれて必ず薄れていく。そして、いつか忘れられるだろう。飛騨《ひだ》を離れたあとも、大切な人とともに達者に暮らせ。

角之進はそう祈らずにはいられなかった。

ややあって、粥と五平餅の支度ができた。どちらも心にしみる味だった。

粥には山菜が入っていた。味つけは塩と控えめな醤油だけだ。

「いままでいちばん心にしみる粥かもしれぬ」

角之進は言った。

「おぬしは働きだったからな」

左近が笑みを浮かべた。

「ああ……働きだった」

角之進はそう答えた。

海のない飛驒で泳ぐ羽目になったうつつとは思えない一部始終について、まだ語る気にはなれなかった。江戸へ帰る途中、どこかで折を見て告げることにしよう。

諸国廻りはそう考えた。

その晩は早めに眠った。

そして、夢を見た。

またしても飛驒で泳いでいる夢だった。

ただし、このたびはもう卍は現れなかった。

代わりに現れたのは観音様だった。

心敬和尚の寺の千手観音が、山菜粥の椀《わん》を漕《こ》ぎながらゆっくりと角之進に近づいて救ってくれた。

おかげで助かった。

面妖《めんよう》な夢だったが、朝の目覚め心地《ごこち》は悪くなかった。

起き上がった角之進は、一つ息をつくと、どこへともなく両手を合わせた。

六

「では、世話になりました」

心敬和尚に向かって、角之進は言った。

「どうぞお気をつけて」

住職が両手を合わせる。

「高山《たかやま》にもいらしてください」

大乗和尚が住職に言った。

「すべて落ち着いたら、久々にまいりましょう」

心敬和尚が笑みを浮かべた。

こうして寺を出た一行は、十三《じゅうさん》墓峠《ほとうげ》を越え、高山へ戻った。

討伐隊のなかには、在所から出てきている者もいる。なつかしいわが家に戻る者も増えてきた。

「達者で暮らせ」

その一人一人に、角之進はあたたかい声をかけた。

「飛川さまもお達者で」

「無事、江戸へ帰れるように祈ってますで」

わが家へ帰る者は口々に言った。

黒卍教にさらわれ、久方ぶりに戻る者もいた。

娘の帰りを毎日待っていた老父母は、無事な姿を見てただただ涙だった。周りの者が思わずもらい泣きをしたほどだ。

「向後《こうご》は水入らずで暮らせ」

角之進は言った。

「へえ、ありがてえことで」

老《お》いた父が両手を合わせた。

高山に着いた。

「ほんとに、何と御礼を言っていいのか」

「世話になりました」

平吉と平太が頭を下げた。

「ああ、ゆっくり休め」

角之進は親子に言うと、解放されたおさよを見た。

「もうじきおっかさんにも会えるな」

娘に言う。

「……はい」

うるんだ目で、おさよはうなずいた。

源三郎とおみかとも別れるときが来た。

「落ち着いたら祝言《しゅうげん》だな」

角之進は白い歯を見せた。

「へえ……夢みたいで」

源三郎はそう言っていいなずけのほうを見た。

「この夢は覚めぬぞ」

角之進は言った。

「はい」

無事に戻ったおみかが笑みを浮かべた。

最後に、大乗和尚と僧兵たちと別れた。

「このたびはありがたく存じました」

角之進は改めて礼を述べた。

「こちらこそ、飛騨の危難を救っていただき、御礼申し上げます」

大乗和尚は両手を合わせた。

「まだやるべきことは残っていますが、見通しがついたら高山を発《た》ちます」

角之進は言った。

「陣屋のほうですな？」

と、和尚。

「そうです。郡代の息がかかっている者は一掃《いっそう》し、代わりに信に足る者に後を託さねばなりません」

諸国廻りは引き締まった表情で言った。

「あの郡代の下で、心ならずもつとめていた有為《ゆうい》の者はいくたりもいるはずです。どうにか建て直していただければ」

大乗和尚が言った。

「承知しました。明日からさっそく動きましょう」

角之進は力強く請《う》け合った。

七

前に逗留《とうりゅう》していた旅籠《はたご》に宿をとった一行は、久々に川魚料理に舌鼓《したつづみ》を打った。

「寺方ばかりだったゆえ、舌が喜ぶな」

左近が満足げに言った。

「そうだな。帰りは各地のうまいものを食わねば」

角之進の箸《はし》も小気味よく動く。

「せっかくだから、帰りは善光寺《ぜんこうじ》にでも参《まい》るか」

左近が水を向けた。

「それはいいな。このたびは神仏のご加護で命拾いをしたのだから」

角之進は感慨深げに答えた。

そうこうしているうちに草吉が戻ってきた。

「郡代の側近だった者たちは、いち早く逃走したようです」

陣屋と町場の様子をうかがってきた小者が言った。

「そうか。逃げ足が速いな」

角之進は苦笑《にがわら》いを浮かべた。

「心ならずも従っていた役人のなかには、骨のありそうな者もおりました」

草吉は伝えた。

「頼もしい。ならば、明日さっそく足を運んで段取りを整《ととの》えることにしよう」

角之進は言った。

「町場のほうはどうだ」

今度は左近が訊《き》いた。

「郡代が征伐されたと知って、喜びのあまり踊りだす民もいたとか」

草吉は答えた。

「それは重畳《ちょうじょう》」

角之進は笑みを浮かべた。

「陶器と染め物をあきなっていた見世《みせ》もいち早くたたんでおりました」

草吉はさらに伝えた。

「そうか。忌まわしい物はもはやつくられぬからな」

いくぶん眉をひそめて、角之進が言った。

「江戸の飛驒屋もそのうち見世じまいだろう」

と、左近。

「黒卍教の息がかかっていた者どもは、我先にと逃げるはず」

角之進はそう言って猪口《ちょこ》の酒を呑み干した。

「飛驒に平安の時が訪れそうだな」

左近が次の酒をつぐ。

「そうだな。次の郡代は良き者が就《つ》くだろう」

望みをこめて、諸国廻りは言った。

八

翌日からの段取りは滞りなく進んだ。

高山陣屋を訪れた角之進は、残った役人を一人ずつ厳しく吟味《ぎんみ》し、飛驒の建て直しに尽力《じんりょく》できそうな者に後を託した。

なかでも目についたのは、清水主水《しみずもんど》という男だった。

まだ三十前の若さだが、目にいい光がある。

「先の郡代の下でつとめることにかけては、忸怩《じくじ》たる思いがありました。民の苦しみなど眼中にない郡代でしたゆえ」

清水主水はそう明かした。

「では、そなたが建て直してくれ。しかるべき郡代は、江戸で協議のうえ決めるが、その片腕となる人物が要る」

角之進は言った。

「微力ですが、つとめさせていただきます」

名に「水」が二つ付く男が頭を下げた。

「時はかかるかもしれぬが、粘《ねば》り強くやってくれ。そのうち、飛騨はまた元の恵みの国に戻るであろう」

諸国廻りは笑みを浮かべた。

「はっ。懸命につとめます」

後を託された若者が一礼した。

陣屋を出た一行は、ひとわたり町を歩いた。

草吉が伝えたとおり、陶器と染め物を売る見世は閉まっていた。この先も、忌まわしい品があきなわれることはあるまい。

「五平餅を食っていくか。飛騨ともそろそろお別れだからな」

角之進が水を向けた。

「ほうぼうで食っているような気がするが」

左近が苦笑いを浮かべる。

「何本食ってもうまいものはうまいからな」

角之進が言った。

前に立ち寄った茶見世が開いていた。

「山のほうで捕り物があったそうじゃな」

五平餅と茶を運んできた媼《おうな》が言った。

「ほう、どんな捕り物だろう」

角之進は素知らぬ顔で問うた。

「悪さをしていたお代官を、諸国なんじゃらっていう偉いお役人が退治しんさったそうじゃ」

当人の前で、茶見世の媼が言った。

「ほう、働きだったんだな。その諸国なんじゃらは」

角之進はそう言うと、よく焼けた五平餅をうまそうにほおばった。

終章　次なる任地

一

諸国廻《しょこくまわ》りが高山《たかやま》を出て江戸へ戻るという噂《うわさ》はたちまち広がった。

野麦峠《のむぎとうげ》を越えねばならないから、旅籠《はたご》はまだ暗いうちに発《た》つ。よって見送りは無理だが、ならばせめて土産《みやげ》をと品を持参する者がいくたりもいた。

平吉《へいきち》と平太《へいた》もそうだった。

豆腐づくりは昨日から再開したそうだが、持参したのはそうではなかった。

「おっかあが、ぜひこれをと」

平太が差し出したのは小ぶりの梅干しの壺《つぼ》だった。

「荷になるからやめとけって言ったんじゃが、十年物のいい梅干しだからと」

平吉が少しすまなそうに言った。

「そうか。ならば、それで握り飯でもつくってもらうか」

角之進《かくのしん》は快《こころよ》く受け取った。

「母親の具合はどうだ」

左近《さこん》が問う。

「へい。おさよが戻ってきたおかげで、だいぶ加減が良くなってきましたんで」

平吉は答えた。

「おさよはどうだ」

今度は角之進が問うた。

「顔色も良くなって、笑うようになりました」

兄の平太が白い歯を見せた。

「それは何よりだ」

と、角之進。

「諸国廻りさまに、くれぐれもよしなにと」

平吉が頭を下げた。

「おっかあを独りにできねえので、おさよも家にいるんで」

平太が言葉を添えた。

「分かった。梅干しは道中に味わわせてもらう。みなで達者で暮らせ」

角之進は穏やかな表情で言った。

「へい、ありがてえことで」

「諸国廻りさまもお達者で」

飛騨《ひだ》の父と子の声がそろった。

二

「狼《おおかみ》が出なくて助かったな」

野麦峠の逃《のが》れ小屋で、握り飯を食しながら角之進が言った。

「行きは大変だったからな」

と、左近。

「うむ、さすがに十年物の梅干しだ。味が濃くてうまい」

角之進は笑みを浮かべた。

「甘みもございますね」

草吉《くさきち》も表情を変えずに言う。

このあと、草吉だけ江戸へ急ぐことになっている。父の主膳《しゅぜん》に宛《あ》てた文《ふみ》を持たせた。それを読めば、飛騨《ひだ》で何が起きたか、向後《こうご》どのような手が打たれるべきか、すべて分かるようになっている。

主膳から若年寄《わかどしより》に仔細《しさい》が伝えられれば、新たな飛騨郡代《ぐんだい》選びが始まるだろう。そちらのほうは任せておけばいい。

「よし、では、先を急ぐか」

角之進は立ち上がった。

左近と草吉も続く。

飛騨と信濃《しなの》を結ぶ道はいくつかあるが、角之進と左近は善光寺道《ぜんこうじどう》を進む。草吉だけは途中で別れ、藪原《やぶはら》から中山道《なかせんどう》に入って江戸を目指す。

ややあって、その分かれ道に出た。

「なら、頼んだぞ」

角之進は草吉に言った。

「承知しました。お気をつけて」

そう答えるなり、草吉はすぐさまさっと動いた。

「明日には江戸に着いているかもしれぬな」

その背を見送った左近が軽口を飛ばした。

「さしもの草吉でも、それは無理だろう」

角之進は笑みを浮かべた。

「さて、ここからは……」

左近が善光寺道に足を踏み入れた。

「神仏に感謝しつつ、御礼参りがてらうまいものを食おうぞ」

角之進が続く。

「望むところだ」

左近が白い歯を見せた。

諸国廻りとその補佐役の旅は順調に進んだ。

その晩は松本《まつもと》に泊まり、うまい蕎麦《そば》を食し、湯に浸《つ》かって疲れを癒《いや》した。

そして、また翌朝早く宿を発ち、善光寺に向かった。

三

だいぶ遅くなったからお参りは明日にして、まず旅籠に荷を下《お》ろした。

夕餉《ゆうげ》の蕎麦もおやきもひと味違った。さすがは善光寺の門前だ。

「おいしゅうございますな、お武家さま」

大広間で相席になったあきんど風の男が、気安く声をかけてきた。

「ああ、うまいな。信濃はどこへ行っても、うまい蕎麦とおやきが出る」

角之進は上機嫌で答えた。

「手前はさらに腹が出てしまいました」

あきんどが腹をたたいた。

「旦那様はたくさん召し上がるので」

お付きの手代《てだい》とおぼしい若者が笑みを浮かべた。

「帰りに少し早歩きをすれば良かろう」

角之進は言った。

「そういたしましょう。お武家さまたちも江戸から？」

あきんどが訊《き》いた。

「そうだ。ただし、飛騨に立ち寄ってから善光寺に来た」

角之進は答えた。

「飛騨でございますか」

あきんどの顔に驚きの色が浮かんだ。

「途中の野麦峠が難所でな」

角之進が言った。

「こやつは、行きは狼に嚙《か》まれてしもうて」

すでに酒が入っている左近が告げる。

「それはそれは大変でございました。ところで……」

あきんどはひと呼吸置いてから続けた。

「飛騨では悪さをしていた代官が成敗《せいばい》されて、山の中の代官所が燃えたと小耳にはさんだのですが」

「山の中の代官所か」

角之進はいくぶんおかしそうに言った。

当たらずといえども遠からずだ。

「はい。そう聞きました」

あきんどがうなずく。

「それはくわしく知らぬが、成敗した者は働きであったな」

諸国廻りはとぼけて言った。

「飛騨の民はさぞ安堵《あんど》したことだろう」

左近も和す。

「まことでございますな。悪代官が成敗されて何よりでした」

目の前の男が成敗したとも知らず、相席になったあきんどが言った。

四

翌日は早めに参拝を済ませた。

善光寺の本尊の阿弥陀如来《あみだにょらい》は数奇な運命をたどっている。

印度《いんど》でつくられた仏像は、百済《くだら》から伝えられた日の本で最も古いものだ。一時は廃仏派の物部《もののべ》氏によって打ち捨てられたが、本田善光《ほんだぜんこう》という男が危難を救って信濃へ持ち帰った。その名を取って善光寺と呼ばれている。

その後、いくたびも火事に見舞われたが、本尊が焼かれることはなかった。徳川家の庇護《ひご》も受けた善光寺は、いまや一生に一度は参るべき名刹《めいさつ》として日の本じゅうにその名を轟《とどろ》かせている。角之進も左近も初めてのお参りだから、図らずも宿願を果たしたかたちになった。

「あれを見るとぎょっとするな」

参拝を終えた角之進は、幕に記されている字を指さした。

卍《まんじ》だ。

ここは黒卍寺ではない。黒卍教の本山は炎上して跡形もなくなった。

それは分かっているのだが、どうも見るたびにぎょっとさせられる。

「そもそも、あれには力がこもっているのだろうな」

左近も卍を指さした。

ちょうどそこへ、一人の僧が通りかかった。

内面から知がにじみ出ているかのような面相だ。

「卍には二種があるのです。二つの卍は似て非なるものです」

僧は立ち止まって言った。

「向きによる違いでしょうか」

角之進がたずねた。

「さようです。左向きの卍は世の和を表しています。一方……」

僧は一つ咳払《せきばら》いをしてから続けた。

「逆向きの卍、すなわち右向きの卍は力を表していると言われております」

僧はそう説明した。

「なるほど。左向きの卍は観音力、右向きの卍は鬼神力のようなものでしょうか」

観音《かんのん》経偈文《きょうげもん》を諳《そら》んじている角之進は言った。

「おくわしいですね。そのとおりです」

僧は驚いたように答えた。

「ずいぶん古いものなのでしょうか」

左近がたずねた。

「さまざまな国で用いられていると聞きました。梵字《ぼんじ》にも似たようなものがあるそうです」

学殖に富む僧が答えた。

「卍それ自体にも力がこもっていると」

角之進は少し声を落とした。

またしてもあの光景がよみがえってきたのだ。

炎上する黒卍教の本山。

板に記されていた卍。

弾《はじ》け飛ぶ卍。

そして、深い闇の底で逆向きに回っていた卍の群れ……。

「ほかにはない力がありましょう。それを良い向きに使うか、悪いほうに導いてしまうか、すべては人次第です」

僧は重々しい口調で答えた。

五

善光寺参りを終えた角之進と左近はまた旅を続けた。

信濃から甲州に入り、甲府の宿に泊まった。行きも使った旅籠だから、みな歓待してくれた。

夕餉にはまだ間があったため、ふらりと町へ出た。

「茶見世《ちゃみせ》があるな」

角之進が言った。

「幟《のぼり》が出ているぞ」

左近が指さす。

近寄ると、こう記されていた。

信玄餅《しんげんもち》

「武田《たけだ》信玄公にちなむものか」

角之進が言った。

「なら、食っていくか」

左近が水を向ける。

「おう、そうしよう」

話はすぐ決まった。

わりと広い茶見世で、長床几《ながしょうぎ》に陣取るいくたりもの先客がいた。

角之進と左近も腰を下ろし、信玄餅と茶を頼んだ。

「へえ、お待たせで」

ややあって、いくらか腰が曲がったあるじが品を運んできた。

かの武田信玄が出陣の際に陣中食として持参した砂糖入りの餅にちなむという説と、安倍川餅《あべかわもち》に由来するという別説がある。いずれにしても、きなこをまぶして黒蜜をかけて食す餅で、渋めの茶によく合う。

「日保《ひも》ちがすれば土産にしたいところだが」

角之進は言った。

「御守や護符のたぐいは善光寺でいろいろ買ったから、あとは食いものか」

と、左近。

「そうだな。もっと江戸に近いところのほうが良かろうが」

角之進はそう言って、また信玄餅を口に運んだ。

「ならば、高尾山《たかおさん》あたりにも寄っていくか」

左近が水を向けた。

「そうだな。こういう機でなければ寄れぬところに寄っておこう」

角之進は乗り気で答えた。

「江戸に戻ったら、もう次の任地が決まっているやもしれぬからな」

左近が言う。

「少しはゆっくりしたいものだが」

角之進は苦笑いを浮かべて茶を啜《すす》った。

「いまだけがその『ゆっくり』かもしれぬぞ」

左近が笑う。

「ならば、江戸までせいぜい楽しみながら帰ることにしよう」

角之進はそう言って、残りの信玄餅を胃の腑《ふ》に落とした。

六

甲斐《かい》から武州に戻った二人は、高尾山に登り、薬王院《やくおういん》に詣《もう》でた。

「この旅、最後の大きな卍だな」

角之進が本堂の幕を指さした。

「行く先々に卍があった」

と、左近。

「いろいろな力をもらったような気がする」

諸国廻りが感慨深げに言った。

「ここは天狗《てんぐ》信仰の本山でもあるから、最後の力をもらうといい」

左近が言う。

「そうだな。まずは本尊を拝むことにしよう」

角之進はいくらか足を速めた。

聖武《しょうむ》天皇の勅令《ちょくれい》により、行基《ぎょうき》によって開山された初期は、薬師如来《やくしにょらい》が本尊だった。その後、飯縄大権現《いづなだいごんげん》が勧請《かんじょう》され、本尊として信仰されている。天狗は飯縄大権現の眷属《けんぞく》として、その神通力が崇《あが》められていた。

参拝を終えた二人は、しばらく境内を散策した。山伏《やまぶし》たちが修行する霊場とあって、凜冽《りんれつ》の気が漂《ただよ》っている。ただし、入口に近いところには茶見世があり、とりどりの土産物も売られていた。

「いい香りがするな」

角之進が手であおいだ。

「焼き団子だな」

左近が茶見世のほうを指さした。

「なら、食っていこう」

角之進は足を速めた。

ごく普通の焼き団子だったが、その素朴《そぼく》さが良かった。団子の玉がいくらか不揃いなところもかえって味がある。

「見ようによっては、天狗の鼻に見えるな」

左近が言った。

「下手《へた》なもので相済みません」

おかみが頭を下《さ》げた。

「なに、これはこれで味があっていい」

左近が笑みを浮かべた。

「いっそのこと、天狗団子という名にしてはどうか」

角之進が水を向けた。

「そりゃあ、畏《おそ》れ多いので」

おかみが首を横に振る。

「名物になるかもしれぬぞ」

左近も言った。

「いや、いまのまんまでちょうどいいんで」

欲のないおかみは乗ってこなかった。

団子を食べ終えた二人は土産物の見世に立ち寄った。

「日保ちのしない食べ物ではなく、湯呑《ゆの》みなどがいいかもしれぬな」

品をあらためながら、角之進が言った。

「その湯呑みの土には、修行で焚《た》かれる護摩《ごま》の灰がまぜられておりますので、霊験《れいげん》あらたかでございますよ」

あるじが如才なく声をかけた。

「護摩の灰か……」

角之進はあいまいな顔つきになった。

飛騨のあの焼き物を思い出してしまったのだ。

「ほかのものが良いだろうな」

角之進は湯呑みを戻した。

結局、日保ちのしそうな固焼き煎餅《せんべい》や厄除けの天狗の置き物などを買い、諸国廻りは帰路に就いた。

七

「お帰りなさいませ、父上」

王之進《おうのしん》がていねいに一礼した。

「うむ、よく言えたな」

角之進は笑みを浮かべた。

このたびも九死に一生を得たが、どうにかわが家に戻ることができた。久々に見る家族の顔はなつかしくまたありがたかった。

「お土産をたくさん買ってきてくださいましたよ、父上が」

おみつが笑顔で言った。

飛騨へ行っているあいだは、毎日近くの神社へ足を運んで無事を祈ってくれていたらしい。助かったのはおみつのおかげだと角之進は思った。

「ありがたく存じます」

また背丈《せたけ》が伸びた王之進が小気味よく頭を下げた。

母の布津《ふつ》も来て、一緒に土産の品をあらためた。

「善光寺さんの御守りや護符はいいお土産ね」

布津が笑みを浮かべた。

「初めてお参りできて重畳《ちょうじょう》でした」

角之進も白い歯を見せた。

とりどりの土産が並ぶなか、王之進がいちばん喜んだのは高尾山の固焼き煎餅だった。さっそく茶が入り、みなで食す。

「日保ちがするなら、信玄餅や焼き団子、信濃のおやきなどの名物も持ち帰りたいところだったんだが」

角之進はおみつに言った。

「それは致し方ありますまい。これも香ばしくておいしいので」

煎餅を食しながら、おみつが答えた。

「春日野《かすがの》様もお達者で？」

布津がたずねた。

「ええ。左近と草吉にはこのたびも助けられました」

角之進は答えた。

屋敷に戻ってみると、草吉はいつもの顔で平然とそこにいた。

「ところで、飛驒のお土産はないのでしょうか」

おみつがたずねた。

「さしたるものはないが、世話になったからと民からもらった梅干しがいくらか残っている」

角之進は答えた。

「梅干しでございますか」

王之進はいささか残念そうだ。

「そうだ。あれはおれが食う」

角之進は笑みを浮かべた。

あとでしみじみと梅茶漬けでも食うことにしよう。

ここで父の主膳が入ってきた。

「お煎餅はなくなってしまいましたよ」

布津が言う。

「そうか。たくさん食ったか」

孫の王之進に言う。

「はい、いただきました」

王之進は満足げに答えた。

主膳は角之進に目配《めくば》せをした。

どうやら話があるらしい。

飛驒の首尾がどうなったか、聞いておかねばならない。

「ならば、しばし待っておれ」

王之進に向かって言うと、角之進はおもむろに立ち上がった。

八

「若年寄様も、このたびの飛驒郡代の件はしくじりだったと頭を抱《かか》えておられた」

主膳はそう告げた。

「さようですか。わたくしも、あそこまで悪逆非道なことを行っているとは思いませんでした」

角之進は包み隠さず言った。

「後任が就くまでは、美濃《みの》郡代が兼ねることになる」

主膳はそう言って、湯呑みの茶を啜った。

日の本に四つある郡代のうち、二つは飛騨と美濃にある。飛騨郡代が不在のときは美濃郡代が兼ねるのは慣例のようなものだった。

「後任は決まりそうでしょうか」

角之進はたずねた。

「旧郡代の支流の血筋に良い人物がいるらしい。いま根回しをしているゆえ、早晩決まるであろう」

主膳は答えた。

「それはよろしゅうございました。飛騨の民も喜ぶことでしょう」

知り合った者たちの顔を思い浮かべて、角之進が言った。

「で、それは一件落着だが……」

主膳は座り直してさらに茶を啜った。

何か嫌な予感がした。

そういう予感はえてしてして当たる。

果たして、主膳はこう切り出した。

「大鳥居《おおとりい》宮司《ぐうじ》の見立てによると、早くも次なる暗雲が漂っているようだ」

諸国廻りと幕府とのつなぎ役をつとめる男が言った。

やはり、そうか。

ならば、是非もない。

「さようですか。いずこでしょう」

角之進は問うた。

「宮司によると、どうやら南の島らしい」

主膳は答えた。

「南の島……」

角之進は思わず絶句した。

「従来のごとくに、浪花屋《なにわや》の菱垣廻船《ひがきかいせん》では行けぬところのようだ。途中まで便乗《びんじょう》し、手ごろな船に乗り換えるしかあるまい」

主膳が言った。

「ははあ」

まだあいまいな顔つきで角之進は言った。

「まあ、このたびの飛驒には海がなかった。次は存分に泳げるかもしれぬぞ」

主膳はそう言って笑みを浮かべた。

角之進は黙ってうなずいた。

実は、あるはずのない飛騨の海を泳いできたとは言いだしかねた。

「そのうち、折を見て神社へ赴《おもむ》き、くわしい話を訊いてまいれ」

主膳は言った。

「承知しました」

角之進は硬い表情で頭を下げた。

九

「やはり、善光寺参りの旅が束《つか》の間《ま》のくつろぎだったかもしれぬ」

角之進が言った。

「まあしかし、次はいくらか間を空《あ》けてもらえるだろう」

神社に向かってともに歩きながら、左近が言った。

「そうだな。そうしてもらいたいものだ」

行く手の木立を見ながら、角之進は言った。

飛騨へ赴くときは雪に難儀をさせられたが、江戸に帰ってみると桜のつぼみがふくらみだしていた。まもなく美しい花が咲くだろう。

「夏から秋にかけては、南の島ではよくあらしになるらしい」

左近が言った。

「それは御免蒙《ごめんこうむ》りたいものだな」

角之進は少し顔をしかめた。

「まあ何にせよ、行けと言われたところへ行くばかりだ」

左近が悟ったように言った。

「われらはそういう役目だからな」

角之進がうなずく。

しばらくはともに無言で歩いた。


ほー、ほけきょ……


鶯《うぐいす》の鳴き声が聞こえた。

心が洗われるような声だ。

「黒卍教があったことなど、悪い戯《ざ》れ事《ごと》のようだな」

角之進がぽつりと言った。

「この世は折にふれて悪い夢のごとき暗雲に覆われてしまうゆえ」

と、左近。

「悪い夢か……飛騨のはまさにそうだった」

角之進は答えた。

また脳裏に飛騨の光景がよみがえってきた。

黒卍教の本山が炎上し、卍が弾け飛ぶ場面だ。

あれはまさしく悪夢のごとき光景だった。

「そういう暗雲を祓《はら》うのがわれらの役目だ。観念してつとめるしかあるまい」

左近が言った。

「そうだな。行く手に何が待ち受けていようとも、この道を行くしかない」

諸国廻りの言葉に力がこもった。

行く手に神社の杜《もり》が見えてきた。

そのこんもりとした杜のほうから、また鶯のさえずる声が響いてきた。

【参考文献一覧】

『復元・江戸情報地図』（朝日新聞社）
『一流料理長の和食宝典』（世界文化社）
田中博敏『お通し前菜便利集』（柴田書店）
大栗道榮『図説「観音経」入門』（すずき出版）

（主要参考ウェブサイト）
農山漁村の郷土料理百選
郷土料理ものがたり
北飛騨の森を歩こう
飛騨高山観光公式サイト
こくふ観光協会
武田家の史跡探訪
信州善光寺
高尾山薬王院

倉阪鬼一郎　時代小説　著作リスト

	作品名	出版社名	出版年月	判型	備考
1	『影斬り　火盗改香坂主税』	双葉社	〇八年十二月	双葉文庫	
2	『深川まぼろし往来　素浪人鷲尾直十郎夢想剣』	光文社	〇九年五月	光文社文庫	
3	『風斬り　火盗改香坂主税』	双葉社	〇九年九月	双葉文庫	
4	『花斬り　火盗改香坂主税』	双葉社	一〇年九月	双葉文庫	

5	『人生の一椀　小料理のどか屋人情帖　1』	二見書房	一〇年十一月	二見時代小説文庫	
6	『江戸迷宮　異形コレクション　47』	光文社	一一年一月	光文社文庫	※アンソロジー
7	『倖せの一膳　小料理のどか屋人情帖　2』	二見書房	一一年三月	二見時代小説文庫	
8	『結び豆腐　小料理のどか屋人情帖　3』	二見書房	一一年七月	二見時代小説文庫	
9	『手毬寿司　小料理のどか屋人情帖　4』	二見書房	一一年十一月	二見時代小説文庫	
10	『黒州裁き　裏町奉行闇仕置』 『裏・町奉行闇仕置　黒州裁き』	ベストセラーズ コスミック出版	一二年三月 一八年十月	ベスト時代文庫 コスミック・時代文庫	

11	『雪花菜飯　小料理のどか屋人情帖5』	二見書房	一一年三月	二見時代小説文庫	
12	『面影汁　小料理のどか屋人情帖6』	二見書房	一一年八月	二見時代小説文庫	
13	『大名斬り　裏町奉行闇仕置』 『裏・町奉行闇仕置　死闘一点流』	ベストセラーズ コスミック出版	一二年八月 一八年十二月	ベスト時代文庫 コスミック・時代文庫	
14	『あられ雪　人情処深川やぶ浪』	光文社	一二年十一月	光文社文庫	
15	『命のたれ　小料理のどか屋人情帖7』	二見書房	一二年十二月	二見時代小説文庫	
16	『若さま包丁人情駒』	徳間書店	一三年二月	徳間文庫	

17	『おかめ晴れ　人情処深川やぶ浪』	光文社	一三年五月	光文社文庫	
18	『夢のれん　小料理のどか屋人情帖　8』	二見書房	一三年五月	二見時代小説文庫	
19	『飛車角侍　若さま包丁人情駒』	徳間書店	一三年八月	徳間文庫	
20	『味の船　小料理のどか屋人情帖　9』	二見書房	一三年十月	二見時代小説文庫	
21	『きつね日和　人情処深川やぶ浪』	光文社	一三年十一月	光文社文庫	
22	『大江戸「町」物語』	宝島社	一三年十二月	宝島社文庫	※アンソロジー

23	24	25	26	27	28
『海山の幸　品川人情串一本差し』	『街道の味　品川人情串一本差し　2』	『希望粥　小料理のどか屋人情帖　10』	『大勝負　若さま包丁人情駒』	『宿場魂　品川人情串一本差し　3』	『一本うどん　八丁堀浪人江戸百景』
KADOKAWA	KADOKAWA	二見書房	徳間書店	KADOKAWA	宝島社
一三年十二月	一四年二月	一四年三月	一四年四月	一四年四月	一四年五月
角川文庫	角川文庫	二見時代小説文庫	徳間文庫	角川文庫	宝島社文庫

29	『大江戸「町」物語　月』	宝島社	一四年六月	宝島社文庫	※アンソロジー
30	『開運せいろ　人情処深川やぶ浪』	光文社	一四年六月	光文社文庫	
31	『心あかり　小料理のどか屋人情帖　11』	二見書房	一四年七月	二見時代小説文庫	
32	『大江戸「町」物語　光』	宝島社	一四年十月	宝島社文庫	※アンソロジー
33	『闇成敗　若さま天狗仕置き』	徳間書店	一四年十月	徳間文庫	
34	『名代一本うどん　よろづお助け』	宝島社	一四年十一月	宝島社文庫	

35	『江戸は負けず　小料理のどか屋人情帖　12』	二見書房	一四年十一月	二見時代小説文庫	
36	『出世おろし　人情処深川やぶ浪』	光文社	一四年十二月	光文社文庫	
37	『迷い人　品川しみづや影絵巻』	KADOKAWA	一五年二月	角川文庫	
38	『ほっこり宿　小料理のどか屋人情帖　13』	二見書房	一五年二月	二見時代小説文庫	
39	『笑う七福神　大江戸隠密おもかげ堂』	実業之日本社	一五年四月	実業之日本社文庫	
40	『世直し人　品川しみづや影絵巻』	KADOKAWA	一五年五月	角川文庫	

41	『もどりびと　桜村人情歳時記』	宝島社	一五年五月	宝島社文庫	
42	『江戸前祝い膳　小料理のどか屋人情帖　14』	二見書房	一五年六月	二見時代小説文庫	
43	『狐退治　若さま闇仕置き』	徳間書店	一五年八月	徳間文庫	
44	『ようこそ夢屋へ　南蛮おたね夢料理』	光文社	一五年十月	光文社文庫	
45	『ここで生きる　小料理のどか屋人情帖　15』	二見書房	一五年十月	二見時代小説文庫	
46	『あまから春秋　若さま影成敗』	徳間書店	一五年十二月	徳間文庫	

47	『天保つむぎ糸 小料理のどか屋人情帖 16』	二見書房	一六年二月	二見時代小説文庫	
48	『まぼろしのコロッケ 南蛮おたね夢料理（二）』	光文社	一六年三月	光文社文庫	
49	『からくり成敗 大江戸隠密おもかげ堂』	実業之日本社	一六年四月	実業之日本社文庫	
50	『人情の味 本所松竹梅さばき帖』	コスミック出版	一六年五月	コスミック・時代文庫	
51	『包丁人八州廻り』 『まぼろし成敗 八州廻り料理帖』	宝島社 コスミック出版	一六年六月 二〇年五月	宝島社文庫 コスミック・時代文庫	
52	『ほまれの指 小料理のどか屋人情帖 17』	二見書房	一六年六月	二見時代小説文庫	

53	『大江戸秘脚便』	講談社	一六年七月	講談社文庫	
54	『母恋わんたん　南蛮おたね夢料理（三）』	光文社	一六年八月	光文社時代小説文庫	
55	『国盗り慕情　若さま大転身』	徳間書店	一六年十月	徳間時代小説文庫	
56	『走れ、千吉　小料理のどか屋人情帖　18』	二見書房	一六年十一月	二見時代小説文庫	
57	『娘飛脚を救え　大江戸秘脚便』	講談社	一六年十二月	講談社文庫	
58	『花たまご情話　南蛮おたね夢料理（四）』	光文社	一七年一月	光文社時代小説文庫	

59	『京なさけ　小料理のどか屋人情帖　19』	二見書房	一七年二月	二見時代小説文庫	
60	『料理まんだら　大江戸隠密おもかげ堂』	実業之日本社	一七年四月	実業之日本社文庫	
61	『開運十社巡り　大江戸秘脚便』	講談社	一七年五月	講談社文庫	
62	『上州すき焼き鍋の秘密　関八州料理帖』 『隠れ真田の秘密　八州廻り料理帖』	宝島社 コスミック出版	一七年五月 二〇年十一月	宝島社文庫 コスミック・時代文庫	
63	『からくり亭の推し理』	幻冬舎	一七年六月	幻冬舎時代小説文庫	
64	『きずな酒　小料理のどか屋人情帖　20』	二見書房	一七年六月	二見時代小説文庫	

65	『桑の実が熟れる頃　南蛮おたね夢料理（五）』	光文社	一七年七月	光文社時代小説文庫	
66	『諸国を駆けろ　若さま大団円』	徳間書店	一七年八月	徳間時代小説文庫	
67	『聖剣裁き　浅草三十八文見世裏帳簿』	コスミック出版	一七年九月	コスミック・時代文庫	
68	『あっぱれ街道　小料理のどか屋人情帖　21』	二見書房	一七年十月	二見時代小説文庫	
69	『廻船料理なには屋　帆を上げて』	徳間書店	一七年十二月	徳間時代小説文庫	
70	『ふたたびの光　南蛮おたね夢料理（六）』	光文社	一八年一月	光文社時代小説文庫	

番号	書名	出版社	刊行年月	文庫・レーベル	備考
71	『決戦、武甲山　大江戸秘脚便』	講談社	一八年一月	講談社文庫	
72	『生きる人　品川しみづや影絵巻　完結篇』『生きる人　品川しみづや影絵巻（三）』		一八年一月 二〇年九月	DL Market アドレナライズ	＊電子書籍
73	『江戸ねこ日和　小料理のどか屋人情帖　22』	二見書房	一八年二月	二見時代小説文庫	
74	『悪大名裁き　鬼神観音闇成敗』	コスミック出版	一八年三月	コスミック・時代文庫	
75	『廻船料理なにわ屋　荒波越えて』	徳間書店	一八年五月	徳間時代小説文庫	
76	『ゆめかない膳　南蛮おたね夢料理（七）』	光文社	一八年七月	光文社時代小説文庫	

77	78	79	80	81	82
『兄さんの味 小料理のどか屋人情帖 23』	『八丁堀の忍』	『風は西から 小料理のどか屋人情帖 24』	『廻船料理なには屋 涙をふいて』	『よこはま象山揚げ 南蛮おたね夢料理（八）』	『ぬりかべ同心判じ控』
二見書房	講談社	二見書房	徳間書店	光文社	幻冬舎
一八年七月	一八年八月	一八年十月	一八年十一月	一九年一月	一九年二月
二見時代小説文庫	講談社文庫	二見時代小説文庫	徳間時代小説文庫	光文社時代小説文庫	幻冬舎時代小説文庫

83	『千吉の初恋　小料理のどか屋人情帖25』	二見書房	一九年三月	二見時代小説文庫	
84	『八丁堀の忍（二）　大川端の死闘』	講談社	一九年三月	講談社文庫	
85	『人情料理わん屋』	実業之日本社	一九年四月	実業之日本社文庫	
86	『廻船料理なには屋　肝っ玉千都丸』	徳間書店	一九年五月	徳間時代小説文庫	
87	『裏・町奉行闇仕置　鬼面地獄』	コスミック出版	一九年六月	コスミック・時代文庫	
88	『親子の十手　小料理のどか屋人情帖26』	二見書房	一九年六月	二見時代小説文庫	

89	『慶応えびふらい　南蛮おたね夢料理（九）』	光文社	一九年七月	光文社時代小説文庫	
90	『しあわせ重ね　人情料理わん屋』	実業之日本社	一九年十月	実業之日本社文庫	
91	『八丁堀の忍（三）　遥かなる故郷』	講談社	一九年十一月	講談社文庫	
92	『十五の花板　小料理のどか屋人情帖27』	二見書房	一九年十一月	二見時代小説文庫	
93	『裏・町奉行闇仕置　決戦隠れ忍び』	コスミック出版	一九年十二月	コスミック・時代文庫	
94	『夢の帆は永遠に　南蛮おたね夢料理（十）』	光文社	二〇年一月	光文社時代小説文庫	

95	『見参、諸国廻り　天狗の鼻を討て』	徳間書店	二〇年二月	徳間時代小説文庫	
96	『風の二代目　小料理のどか屋人情帖　28』	二見書房	二〇年二月	二見時代小説文庫	
97	『夢あかり　人情料理わん屋』	実業之日本社	二〇年四月	実業之日本社文庫	
98	『かえり花　お江戸甘味処　谷中はつねや』	幻冬舎	二〇年六月	幻冬舎時代小説文庫	
99	『若おかみの夏　小料理のどか屋人情帖　29』	二見書房	二〇年六月	二見時代小説文庫	
100	『潜入、諸国廻り　鬼の首を奪れ』	徳間書店	二〇年八月	徳間時代小説文庫	

106	105	104	103	102	101
『腕くらべ　お江戸甘味処　谷中はつねや』	『新春新婚　小料理のどか屋人情帖　30』	『きずな水　人情料理わん屋』	『あやし長屋今々帖』	『夢屋台なみだ通り』	『八丁堀の忍（四）　隻腕の抜け忍』
幻冬舎	二見書房	実業之日本社	アドレナライズ	光文社	講談社
二〇年十二月	二〇年十一月	二〇年十月	二〇年九月	二〇年九月	二〇年九月
幻冬舎時代小説文庫	二見時代小説文庫	実業之日本社文庫		光文社時代小説文庫	講談社文庫
			*電子書籍		

107	『幻の船を追え　漂流、諸国廻り』	徳間書店	二一年二月	徳間時代小説文庫
108	『幸福団子　夢屋台なみだ通り　二』	光文社	二一年三月	光文社時代小説文庫
109	『江戸早指南　小料理のどか屋人情帖　31』	二見書房	二一年三月	二見時代小説文庫
110	『お助け椀　人情料理わん屋』	実業之日本社	二一年四月	実業之日本社文庫
111	『人情めし江戸屋　剣豪同心と鬼与力』	コスミック出版	二一年五月	コスミック・時代文庫
112	『思い出菓子市　お江戸甘味処　谷中はつねや』	幻冬舎	二一年六月	幻冬舎時代小説文庫

113	『幸くらべ 小料理のどか屋人情帖 32』	二見書房	二一年六月	二見時代小説文庫	
114	『八丁堀の忍（五） 討伐隊、動く』	講談社	二一年七月	講談社文庫	
115	『奮闘、諸国廻り 悪代官を斃せ』	徳間書店	二一年八月	徳間時代小説文庫	

この作品は徳間文庫のために書下されました。

徳間文庫

奮闘、諸国廻り

悪代官《あくだいかん》を斃《たお》せ

2021年8月15日　初刷

著者　倉《くら》阪《さか》鬼《き》一《いち》郎《ろう》

発行者　小宮英行

発行所　株式会社徳間書店

東京都品川区上大崎三―一―一　〒141―8202
目黒セントラルスクエア

電話　編集〇三（五四〇三）四三四九
販売〇四九（二九三）五五二一

振替　〇〇一四〇―〇―四四三九二

印刷
製本　大日本印刷株式会社

ISBN978-4-19-894665-4　（乱丁、落丁本はお取りかえいたします）

徳間文庫の好評既刊

倉阪鬼一郎
廻船料理なには屋
肝っ玉千都丸

書下し

江戸へ荷を運ぶ途中、嵐に遭遇し、行方《ゆくえ》知れずになっていた主人が無事に戻ってきた。大坂の廻船問屋「浪花屋《なにわや》」が喜びに沸《わ》くさなか、大女将《おおおかみ》のおまつは奇妙な夢を見た。「江戸へ行って人助けをしてこい」と、夢の中で寿老人《じゅろうじん》に告げられたのだ。そこで、今度は自分が江戸へ行くことに。それも出来たばかりの菱垣《ひがき》廻船で。しかし、船は女人禁制なため、男装し、長男の太平《たへい》とともに乗り込むことに……。